異世界で王子様の夜食係をしていたら、本気で愛されてしまいました。

ひなの琴莉

Illustration
蘭 蒼史

この作品はフィクションです。
実在の人物・団体・事件などに
一切関係ありません。

異世界で王子様の夜食係をしていたら、本気で愛されてしまいました。

CONTENTS

ルーフレッド
ツキキレット王国の第一王子。
沢田亜寿沙（さわだ あずさ）
シェフを目指している日本人。
異世界に転移してしまう。
本気で愛されてしまいました。

レデリーヌ王女
ニコライド料理長
異世界で王子様の夜食係をしていたら、
登場人物紹介

第一章　料理人を目指して奮闘中ですっ

「おい、邪魔だ」

「ご、ごめんなさい」

「早く来られても、迷惑だと言っているだろう」

朝の八時から、私、沢田亜寿沙は、厨房で怒鳴られている。

怖いけれど、ここで退散してしまっては負けだ。夢への道が閉ざされてしまう！

ぎろっと睨まれるが、私は笑顔を作る。

……し、しかし、さらに怒りを買ってしまったかも。

「やっぱり、お前を採用したのは間違いだったか？」

「いえ、期待に応えられるように頑張ります！」

「まずはウェイトレスを完璧にこなせてから、調理補助って約束だったよな？　料理を学ぶ前に、料理の心を学べと教えただろうが！　それが守られないならクビだっ」

「も、申し訳ありません！　どうしてもシェフの技術を勉強させてほしいんですっ！」

頭を思いっきり下げると、盛大なため息が聞こえてきた。

「邪魔するなよ？」

「はい！」

仕込みをするシェフをじっと見つめ、私は細かくメモを取っていく。

美味しそうなホワイトソースが出来上がると、お腹がぎゅるると鳴ってしまった。

シェフに睨まれた私は、満面の笑みを照れ隠しで向ける。

「も、申し訳ありません……。あまり食べてないんです」

「ったく、お前がいると、集中できない。そこにあるフランスパンでもくわえていろ！　強制退場を命じる」

「……はい」

強制退場を命じられた私は、逆らえず素直に出た。


休憩室にて。

フランスパンを見つめ、がっくりと肩を落とす。

「いつになったら調理補助できんのかなぁ」

料理人への道は程遠い。そんな簡単なものじゃないと予想していたけど、厳しいなぁ。

フランスパンを丸かじり。

うーん、やっぱり美味しい。フランスパン最高！

エネルギーが湧いてきて、やる気が漲（みなぎ）ってくる！

食べ終えて時計を確認すると、そろそろランチタイムだ。

制服に着替えるために立ち上がった。


休憩室の隣にある更衣室で、黒いスカートスーツを着用し、胸には金色の名札をつけた。

身だしなみチェックのため鏡を覗く。

頭のてっぺんで作ったお団子ヘアーと、大きな二重（ふたえ）が映る。

うん、身なりだけは一人前のウェイトレスさんって感じ！

ニッコリ笑って、笑顔も完璧！

料理を運ぶのは楽しいけど、やっぱり作りたい。

いつかは、自分のお店を開くため、日々精進だ。

『沢田、オープンにしていいぞ』

シェフの声に反射的にビクッとなる。

「了解しました！」

シェフの合図で入口の扉を開くと、本日一番目のお客様をご案内する。

店内は予約のお客様で、あっという間に満席になった。

二年先まで予約が入っているなんて神だ。

今日の前菜は、サワークリームと大葉（おおば）のサーモンロール。

俺様シェフが作ったとは思えないほど、繊細な盛りつけだ。まるでお花畑のように美しい。

早く、調理補助をやらせてほしい……と、思いつつ料理を見つめた。

コース料理が次から次へと完成し、料理を落とさないように気をつけながらも、優雅な仕草で運ぶ。

私らしくないけど、気取った声で料理の説明なんかしちゃうのだ。

「こちら、メインの牛フィレ肉のグリエでございます。季節野菜を添えておりますので、木苺（きいちご）ソースでお召し上がりください」

「どうもありがとう」

花柄のノースリーブワンピースを着た女性と、その母親らしき女性が品のいい笑みを浮かべてくれた。

二人とも美人。絶対セレブだ。いいシャンプーとか、化粧品とか、使ってそう。

自然な動きで軽く会釈し、私は後ろへと下がる。

シェフの料理テクニックを見たいが、お客様から目をそらすことは許されない。

次の料理が出来上がるまで、『待て』をされているワンコ気分で壁際にて待機だ。

どうして、俺様シェフに怒られつつも働いているかというと……。

幼い頃、初めて食べたフレンチに大感動し、フレンチシェフになりたいって思った。

ところが、十二歳の時、大好きだった両親が事故で天国へ行ってしまって……。

それからは、親戚の家でお世話になった。

叔母さんの家は居心地がよかったけれど、いつまでもお世話になるわけにいかない。

高校卒業後は、一人暮らしをして、アルバイトをしながら生活をし、いつしか夢を諦めていた。

情熱は胸の奥にあったけれど、扉を閉じていた。


そんなある日。

大好きな乙女系小説を読んでいると、王宮で料理を振る舞っているシーンがあった。

幼い頃に食べたフレンチを鮮明に思い出して、幸せな気持ちに浸り……。

私も料理で人をハッピーにしたい。どうしても夢を追いかけたくなった。

夢を叶える娘の姿を見たら、天国の両親も喜んでくれるだろう。

そこで、一念発起！

この四月から、昼間はフレンチレストランでアルバイトし、夜は調理師学校に通っている。

両親が残してくれたお金と、アルバイト代でなんとか生計は成り立っているけど、自宅で料理の練習をするため、食材費でお金が消えていく。

バターなんて、結構高い。

もっと時給のいい仕事を探せばいいのだけれど、ここのシェフの才能は素晴らしいっ。

いつか認めてもらって、弟子にしてもらいたいと日々奮闘中であります！

まだウェイトレスしかやらせてもらえないけれど、コツコツ頑張るぞ！

アルバイトを終えると、制服からパーカーとジーンズに着替え、大きなリュックサックを背負った。

中には、レシピノートやテキスト、着替えなどが、ずっしりと入っていて重い。

片付けができないわけじゃない。全部、大事な物だ。

帰る準備ができた私は、夜の仕込みをしているシェフの元に向かう。

「本日もありがとうございました」

「おう。勉強、頑張ってこいよ」

「あ……う……」

涙目になってしまう。

だって、俺様なシェフからの励ましの言葉に超感動したんだもんっ。

アメとムチ攻撃ですかっ！

「感情がコロコロ変わりやがって。気持ち悪いな。情緒不安定かっ」

「申し訳ありません。失礼します！」

元気よく頭を下げて外に出た。


電車に乗り込むと、端の席が空いていたけれど、リュックサックのせいで座れない。

肩から下ろすのも面倒なので、手すりにつかまって立っていることにした。

ふと視線を動かすと、仕事を終えた社会人らしいカップルが手をつないで寄り添っている。

電車が揺れるたびに女の子が「きゃっ」と言いながら彼氏にしがみつく。

さり気なく腰に手を回した彼が、優しい笑みを向けていた。

なによ、イチャイチャしやがって。見せつけないでよねっ。

悪態をついているが、実は、羨ましいだけである。

二十歳だというのに、私は一度も恋人がいたことがない。

恋バナとかは嫌いではないし、ロマンス小説を読んでドキドキするのも大好き。

王子様や貴族と恋をするファンタジーな世界の物語もよく読む。

でも……、金髪の王子様なんて、現実世界にはいない。私って夢見がちな性格なのかな。

今、近くにいる男性といえば、俺様なシェフだけだ。

クールで素敵な王子様……いないかなぁ。

私、毎日頑張ってるよ！　だから、ご褒美に王子様に出会わせてくださいっ！

馬車デートとか憧れる。あとは、お姫様抱っこは定番だよね。

妄想にふけっていると、学校の最寄り駅に到着した。

外に出て空を見上げると、曇ってきている。スマートフォンのアプリで、雨雲レーダーを見ると、授業が終わる頃が危ない。折り畳み傘を持ってきたから、大丈夫かな。

十八時半から授業が始まる。急いで行かなきゃと、走り出した。

◆

学校を終えた私はダッシュで駅に向かった。

電車に乗った頃は、まだ小雨だったのに、自宅の駅に到着すると大雨になっていた。

あまりにも雨足が激しいので、外に出るのを躊躇している人もいる。
少し落ち着くまで待っていようかな。
……でも、いつやむかわからないし、一刻も早く布団に入りたい。
明日も六時には起きて、仕込みを見学する予定だ。
地面を叩きつける雨の音が、激しい。そんなに一気に降ることないのに。
どうしようかと戸惑ったけど、折り畳み傘を開いて歩きだす。
あっという間にスニーカーが濡れて、靴下までぐしょぐしょになってしまった。
「……うわ、最悪」
雨で目の前が見えず、周りの音も聞こえないほど、激しく降っている。
住宅街に入っていくと、一気に辺りが暗くなり歩きにくい。
空がピカッと明るくなり、数秒後ゴロゴロと雷の音が聞こえた。
「……怖いんですけどっ」
あと五分くらいで到着するからと早足になる。
そんな時だった――。
「きゃあっ」
大きな水たまりに転んでしまい、あっという間に全身が水浸しになる。
え？

足が取られて動けない。まるで池にでも落ちたかのようだ。

水たまりなのに、どうしてこんなにもバランスが取れないのだろう。

混乱してしまい、必死でコンクリートにつかまるが、腕の力だけでは這い上がれない。

足元を動かすと明らかに水の中にいるような感覚だった。

こんなところに池なんて、あったっけ?

「助けて! 誰か!」

大声で叫んでも、大雨の音でかき消されてしまう。

胸の辺りまで水があり、足をバタつかせるが、水の流れがとてつもなく速くて、流されてしまう!

「お願い、誰かっ! 助けてください!」

自分の身になにが起きているかわからなくて、パニック状態。

怖い、嫌だ。どうして、こんなことになってんの!

道路の真ん中に底無し沼があったとしか、考えられない。

でも、そんなことありえないし!

体が水圧で引っ張られ、大きなリュックサックを背負っていたことを後悔する。

荷物はシンプル・イズ・ベストにするべきだった。

腕でなんとか体を支えていたけれど、体力が奪われていく。

こんなところで溺れるなんて、絶対嫌っ。

水たまりに落ちて死亡だなんて、ニュースで流れたら恥ずかしすぎる！

「うりゃあああああ」

手のひらがかろうじて引っかかっている状態だったが、水で冷えた指先は感覚がなくなり力が入らない。

「んっ、んんんっ」

口に水が入ってきて、呼吸すらままならない。

ついには指先だけになってしまい、私は力尽きてしまった。

そして、深い、深い水の底へと体が沈んでいった。

◆

水の流れる音と、鳥のさえずりが聞こえる。ゆっくりと瞳を開くと、青空が目に入り眩しい。私は、草むらの上に寝転がっていた。

起き上がって周りを見渡すと、雑草が好き放題に生えていて、すぐそばに細い川が見えた。

暖かい風が吹いていて気持ちがいいけれど、ここはどこなのだろう。

夢の中なの？　記憶を辿ってみると、大雨だったことを思い出す。

「そうそう。それで家に向かって歩いていたんだったよね」

水たまりに落ちて、目が覚めたらここにいた。誰かに誘拐されて、山奥に投げられてしまったとか？

服装を確認すると、パーカーとジーンズのままで、完全に乾いているようだ。ちゃんと、リュックサックもある。スマホは？　慌ててポケットを探る。

「あった……よかった……」

スマホがないと生きていけない。どうか、水没していませんように……。

祈る気持ちで画面を確認すると、真っ暗だった。

えっ、電源が入らないんですけど！

「……ショック」

今すぐにでもショップに行かなきゃ。

……って私、生きているんだよね？

それとも、ここって……あの噂の三途の川ですか？

夢を叶えようと奮闘していたのに、こんなところで死んでいられない。

でも、死んだら、お父さんとお母さんに会えるかな――なんて、考えちゃいけない。

二人の分まで長生きするって決めたのだ。

ついつい弱気になってしまったけれど、心を奮(ふる)い立たせる。

立ち上がって辺りを見渡すと、超、大自然。周りになにもなかった。

服についた草を手でパパっと払うと、雑草を掻き分けて歩きだす。

自然が多いのはいいことだけど、歩きにくくて仕方がない。

川の近くまで行って顔を左右に動かして景色を眺めると、左手の離れたところに建物が密集しているのが見えた。

……ぎゅるる。お腹が鳴ってしまう。

「うーん、食べ物プリーズ……」

空腹で倒れてしまいそう。

なにか食べ物を探しに行こうと、建物のほうに向かって歩きだした。

二十分くらいは、歩いただろうか。喉も乾いたし、お腹がペコペコで体力が奪われていく。

ここの川の水って飲めるのかな。覗き込むと、透き通っていて綺麗には見えるけど……。

腰を下ろそうと思った時、砂利の上に土を敷いて固めたような歩道が目に入った。ここを進んでいけば、なにかご飯にありつけるかもしれない！　しゃがむのをやめて歩き続ける。我ながら、食へのこだわりが強いと感心してしまう。

そのまま進むと、細かった道がだんだんと広くなってきた。街が見える。急ぎ足で近づくと、街全体が塀で囲われているようだ。

入口らしきところから様子を見ると、建物が密集しまくっていて、似たような建物がいくつも並んでぎゅってなっている。

昔の映画に出てきそうな西洋風の建物があり、まるでアミューズメントパークみたい。足を踏み入れても大丈夫？　入った瞬間、鉄砲で打たれないだろうか？

二階や三階建ての三角屋根の建物は、石と木で作られているようで全体的に灰色っぽくて、屋根がせり出していて道路を覆っていた。

一階は商店なのか、なにか売っているようだ。飲食ができそうなお店もあるように見えた。上は誰か住んでいるようで、洗濯物みたいなのが干してある。

入ってみたい。

空腹というのもあったけれど、この街がどんなところなのか興味津々だった。

おそるおそる入口から足を踏み入れると、第一街人発見。頭に頭巾を被っている若い女性がいた。

見つからないように陰に隠れて観察をする。白人で赤茶色の眉毛と瞳をしていた。ヨーロッパ系の顔をしている。

ここは、どこかの外国？　ってか、なんで私、外国なんかにいるの？

いつ、飛行機に、乗ったっけ？　もちろん、船に乗った記憶もない。

どうやってここに私は迷い込んだのだろう。非現実的すぎる。

やはり、夢の中にいるに違いない。頬を思いっきりつねってみると痛くて涙が滲む。

「痛い……」

この光景が現実なんて信じられない。

女の人は、生地が分厚くて重そうな、くるぶし丈のワンピースを着ている。手には、編まれたカゴを持っていて、フルーツがいっぱい。美味しそう……って、よだれを垂らしている場合じゃない。

そこにいかつい男性が登場した。女の人と同じような生地の長めの上着にズボン。汚れた靴を履いている。筋肉もりもりで、強そう。

「ステイシー、お帰り。美味しそうなフルーツだな。市場で買ってきたのか？」

「ええ。とってもお得だったのよ」

彼はカゴに鼻を近づけて匂いを嗅いでいる。

「うん、いい香りがする」

仲がよさそうな二人は、夫婦なのかな。こんなところにまで来て、ラブラブを見せつけられるなんて、複雑なんですけど……！

そういえば、言葉が聞き取れた。私は外国語がまったく駄目なので、とりあえず言葉が通じてよかった。コミュニケーションができると安心だよね。

　ちょっと、この国……埃(ほこり)っぽい。鼻にゴミが入ってしまう。喉までかゆいっ。あぁーん、くしゃみがしたい。でも、くしゃみしたら、隠れているのがばれちゃう。

「クシュンっ!!」

「誰かいるのか？」

　やばい。気がつかれてしまった。さっきまで、奥さんと穏やかに話していたのに、そんなに怖い声を出さないでください！

　逃げる？　いや、逃げても追いかけられそう。じゃあ、このまま隠れ続けるしかない？

「おい！　出てこい」

　だんだんと足音が近づいてくる。勇気を出して行くしかない。人と人なのだから、事情を話せばきっと、わかりあえるよね。

　建物の影からひょっこりと顔を出すと、男性が鋭い視線を向けてきた。うわぁ～怖そう。

　ここは、明るく話しかけてみるしかない！

「こ、こんにちは！」

　両手を上げてなにも武器を持っていないアピールをしてみた。

　上から下まで舐めるように観察される。

「きみは異邦人か？　服装からしてここの住人には見えないが」

「道に迷ってしまって。お腹が空いているので、なにか食べ物をもらえる場所を教えてほしいのですが……」

「今日は広場で市場が開催されている。この道をまっすぐ歩いていくといい」

「ありがとうございます！」

「どういたしまして」

微笑んでくれてほっとした。あ、やっぱり言葉が通じている。

「あら、お腹が空いているなんて可哀想ね。フルーツをお一つ分けてあげましょう」

「あ、ありがとうございます！　優しい……」

明らかに身なりが違うのに、警戒しないで話をしてくれる。

「どうぞ」

笑みを浮かべて差し出してくれたので、深々とお礼をして、真っ赤なりんごを受け取った。

大きな口を開けて食べようとしたけど、ちょっと警戒する。

毒りんご……とかじゃないよね？

二人ともいい人そうに見えるけど、異邦人を陥れる風習があるとか。見知らぬ土地なのだから、私も少しは慎重にならないといけないけれど……、空腹には耐えられない。大きな口を開けてかじった。甘酸っぱい味が広がる。とっても美味しくて、頬が熱くなる。

このりんごでアップルパイを作りたいかも。

「美味しいです！　ありがとうございます！」

「それはよかったわ」

そこに、わーっと走ってきた子供が私の目の前でフリーズ。私の姿を見て、目をまん丸にしている。くすんだ色のワンピースを着た、裸足の女の子が不思議そうな顔をしていた。

「真っ黒のお目々と髪の毛、初めて見たわ。お肌もバナナのようね」

バナナって。日本人は黄色人種って聞いたことがあるが、黄色いかな。

「初めまして……亜寿沙と申します」

しゃがんで女の子と目を合わせると、にっこりと笑ってくれる。

「ハンナよ」

「私の娘なんです。名乗り遅れました、ステイシーです」

「夫のハーキムだ。アズサさんはどこから来たんだ？」

「日本です。知ってますか？」

眉間にシワを寄せて首を横に振るハーキムさんと、ステイシーさん。

「ここは、なんという国ですか？」

「ツキキレット王国だ」

聞いたことも見たこともない国の名前だ。世界は広いから、私が知らないだけかも。

王国……ということは、王子様がいるのかな。リアル王子様を目にすることができるかもしれない！

「ハーキムさんとステイシーさんは、ここにお住まいなんですか？」

「あぁ。居酒屋をやってるんだ」

「えっ、居酒屋？」

「酒と料理を振る舞っている。飲みたくなったらおいで」

建物の一階で居酒屋をやっているようだ。

お酒はあまり強くないけど、おいでと言ってくれたことは嬉しい。

「ママぁ、喉乾いた」

「ワイン飲みましょうか」

え、ハンナちゃんにワイン？　この子、まだ三歳くらいじゃないの？

店内の中に入っていったステイシーさんとハンナちゃんを見ていると、木のマグカップを手渡している。ハンナちゃんはワインをごくごくと飲んでいるではないかっ。驚きすぎて鼻から心臓が出てしまいそうになった。ついついじっと見てしまったが、いつまでもここにいるわけにはいかない。

「りんご助かりました！　失礼します」

「アズサさん、また来てください」

「あ、ありがとうございます！　では」

手を振って歩きだした。

それにしても、三歳児にワインは衝撃的だった……。


中心部まで歩いていくと石畳になっており、沢山の人がいる。

大きな噴水があり、その周りを囲むように木造の露天の店や、屋台があり、アクセサリーや骨董品、フルーツやパン、野菜など様々な物が売られていた。

屋台の屋根は、布を使用しているようだけど、色が褪せている。

街人は、木のカップでなにか飲みながら談笑し、子供達は、追いかけっこ。

楽しそうな笑い声が青空に響いていた。

木造の荷車のようなものが行き交っていて、お祭りのように楽しげな雰囲気だ。

「一つ持っていかないかい？」

愛想よく声をかけてくれたのは、腰から下にエプロンをしている笑顔の優しいお婆さんだった。

農家さんなのか、シートの上に野菜やフルーツが並べられている。

なにか買いたいけれど、お金ってどうすればいいのだろう。

リュックサックからお財布を出して、十円玉を取り出して見せた。

「これで買える物はありますか？」

「……それは、銅かい？」

「純粋な銅ではないと思うのですが……」

日本国民なのに、小銭の原材料がなにかわからない。

スマホで調べたいけれど、もう電源が入らないし、この世界には電波が飛んでないだろう。

答えに困っていると、お婆さんが話しかけてくれる。

「どこから来たんじゃい？」

「日本……です」

「聞いたことがないね……」

日本のことをこの国の人は知らないのかもしれない。

「いいよ、好きな物一つと交換しよう」

「あ、ありがとうございます……！」

きゅうりみたいな野菜を指差す。

「これは、生で食べられますか⁉」

「大丈夫だよ」

「では、これください」

十円玉と交換をしてもらった。アイテムをゲットしたような気持ちになる。ゲームの世界に迷い込んだ感じだ。


少し場所を移動して、噴水の近くに腰をかけた。ゲットしたアイテムを丸かじりする。

体力をチャージっ！

「みずみずしくて美味しい」

これは、きゅうりだ。このきゅうりはスライサーでスライスして、マスカルポーネチーズとサワークリームと塩コショウで合わせると美味しいかも。

この街の人は、どの人も愛想がいい。注目を浴びてしまっているが、私を排除しようとする人はいない。会釈をしてくれ、旅人なのかと聞かれるから、とりあえず、旅人という風に答えていた。

きゅうりを食べ終えた私は、改めて街を探索することにした。


「はぁ……」

広場を中心にいくつもの道がつながっていたので、どこかから、元の世界に戻れるところはないか探してみたが、どこにもなくてため息をついた。

途方に暮れた私は、噴水の近くに腰をかける。脚がもうパンパン。太陽が沈んできてしまう。市場も終わったのか、片付けを始めていた。

全体的にくすんだ色をしているこの街。

古い時代に迷い込んでいるような気がする。

もしかして、異世界に来てしまったとか？

今日は、どこで寝よう。ホテルを探せばあるかもしれないが、日本のお金はどうやら通用しないようだ。

困った私の頭に思い浮かんだのは、ステイシーさんの、あの天使のような笑顔だった。

◆

「お願いします！　なんでもするのでこちらに置いてください」

必死です。私にはステイシーさんとハーキムさんしかいないのです。

「……そうは言ってもだな」

困らせているのは重々承知しております。でも、頼れるのはあなた達だけなの。

二人は目を合わせて「どうしましょう」というような表情をしている。

一階の店舗には、お客さんはもういない。木造の椅子とテーブルがあり、お酒を飲み終えたような形跡があった。

「片付けでも、なんでもお手伝いしますので！」

「ハンナ、アズサしゃんと遊びたい」

走ってきたハンナちゃんが抱きついてくれた。可愛すぎる。私もハンナちゃんと戯れたい。

ハーキムさんは、腕を組んで困った顔をしていたが仕方がないといった感じで頷く。

「……まぁいいだろう。数日であれば、ここにいるといい」

「あ、ありがとうございます！」

命拾いをした！　数日でも、とりあえず屋根の下で暮らせるのはありがたい。ホッとしていると、ステイシーさんが立ち上がった。

「さぁ、夕食を作ってくるわね」

この世界ではどんな料理を作っているのだろう。興味津々！

「あの、見学させてもらってもいいですか？」

「ええ、もちろんよ」

店の奥にある台所へと移動した。

部屋の中心部の地べたには薪(まき)があり、上から吊るされた鍋があった。ガスコンロなんてなく、自分で火を起こすパターンっぽい。

奥には木製の調理台がある。その横に置いてある樽(たる)の中には、使用済みの食器が水に浸かっていた。食器といっても、重そうな茶色の皿やマグカップで、日本の物とは全然違う。

「今日はシチューにしましょう」

「シチュー?　いいですね!」

倉庫に行くステイシーさんについていくと、野菜や卵、フルーツが豊富にあった。

台所に戻ってくると、人参(にんじん)や玉ねぎを手早くナイフで切る。

「お肉は腐りやすいから塩漬けにするのよ」

「そうなんですね」

野菜と肉を切り終えると、続いて壺を抱え鍋に注ぐ。

「それは?」

「ヤギのミルクよ」

「へえ」

石を擦り合わせて手早く火を起こして、煮込み始めた。調味料は塩とコショウ。最後に硬そうなパンをワイルドに突っ込んだ。小麦粉を使っていないから、パンを入れることでとろみを出すのかな?

「これを少し煮込むのよ」

「信じてもらえないかもしれないですけど、私の国では、ガスとか電気というもので一瞬で火がつくんですよ」

「そんな魔法の国みたいなところがあるのね！」

毎日ここで料理をするなんて大変そうだなぁ。いつか、ガスコンロをプレゼントしてあげたい。


シチューが出来上がり、階段を上がって二階にあるリビングに運ぶ。木造のテーブルと椅子があり、シチューを置くと夕食タイムの始まりだ。

「いただきます」

木製のスプーンで一口飲んでみる。コクはあまりないけれど、飲めないことはない。コショウが利いている。スパイスを中心に味付けがされている感じだった。

「……美味しいです」

せっかく作ってくれたのだから、まずいとは言えない。私がこの国の料理に慣れていないだけだろうし、いつかハマるかも。無性に食べたくなる味というか。

「よかったわ」

ステイシーさんがにっこり笑ってくれる。

「私、日本では料理人のたまごだったんですよ」

「……あら、じゃあ明日の朝ご飯はアズサさんに作ってもらおうかしら」

まさかの展開！

私の料理でおもてなしができたらいいのだけど、受け入れてもらえるかな。

俺様シェフが教えてくれたように料理は心が大事だ。心を込めて作ろう。


食事が終わると、私はリビングに雑魚寝（ざこね）させてもらうことになった。

「この掛け物を使ってね」

「ありがとうございます！」

「おやすみなさい」

ステイシーさんは、寝室へと消えていく。

リュックサックを枕にして横になる。床、固いな。でも、屋根のあるところで眠ることができてよかった。

一日、とっても疲れた。目が覚めたら、元の世界に戻れていたらいいな……。

「アズサさん、材料はこちらにあるのでどうぞ使ってください」

ステイシーさんが食料庫を指差した。

「あ、ありがとうございます！」

「調味料はここにあるのを使ってくださいね」

「火を起こす時だけ、手伝ってもらってもいいですか？」

「いいわよ。アズサさんの国にはガスコンロというのがあるから便利よね」

「そうなんですよ！」

「羨ましいわ。では、よろしくね。洗濯物を干しているから呼んでね」

◆

さて、なにを作ろうか。

朝ご飯といえば卵じゃない？　ふわっふわのオムレツみたいなのを作ってみようかな。

卵黄と卵白に分けて、棒のような物で卵白をメレンゲ状になるまで泡立てる。

泡立て器がある生活を思い出し、ありがたくなる。私の元の世界って、文明が発達していたんだなぁと、しみじみ思う。

味付けは、塩だけでシンプルにした。あとは、焼くだけの状態にして、ステイシーさんを呼ぶ。

「火をつけてもらってもいいでしょうか？」

「ええ、もちろんよ！」

石を使って擦り合わせると、火柱が出てきて、薪の中に放り投げた。いとも簡単にやってくれたので、思わず拍手してしまう。

「ステイシーさん、すごい！」

「毎日やっているからね」

私があまりにも称賛するので、苦笑いをしている。

バターを入れて、オムレツを焼き始めた。火加減が調整できないのはきつい。すぐに焦げちゃいそう。それに鍋が重い。なんとか傾けて工夫をしながら、ふわっふわのオムレツを焼き上げた。

チーズソースをかけて、コショウのようなスパイスをかけて完成っ！　インスタ映えしそう。


「おまたせしました～」

早速、オムレツを運ぶと、シーンと静まり返る。

ステイシーさんとハーキムさんは、初めて目にした料理に、困惑の表情が隠せていない。

「この料理の名前は、オムレツのチーズソースがけです」

「オムレツ……」

「チーズソース……？」

聞き慣れない言葉に、ステイシーさんとハーキムさんは手をつけようとしない。

「あのう。まずは、食べてみてください」

「あ、あぁ、そうだな。せっかく作ってくれたから、手をつけないのは失礼だ」

「そ、そうね」

ハーキムさんが、まるで毒味をするように、一口食べた。咀嚼（そしゃく）をする音が静かな部屋に響く。ステイシーさんとハンナちゃんは、興味津々にハーキムさんを見つめる。

彼は、険しい表情をした。しかも、首までかしげられてしまう。

美味しくないと怒鳴られて、この家から追い出されてしまうかもしれない。それだけは、勘弁してほしい。

「アズサさん、あんたは何者だ」

そんな低い声で問いかけないでくださいよ……。

「お口に合わなかったでしょうか……？」

おそるおそる質問をすると、ハーキムさんはピッカピカの笑みを浮かべた。

さらに両手で握手まで求められちゃって、私は困惑する。

「素晴らしい。こんなの食べたことがない。美味しすぎて胃袋が溶けてしまいそうだ！」

胃袋が溶けるのは、まずくない？　この国の独特な表現なのかな？

ともかく、喜んでくれたようで安心する。

「ステイシー、騙されたと思って食べてみろ」

騙されたって、失礼な。

ステイシーさんも、ゆっくりと……まるで、ゲテモノを食べるかのように口に運ぶ。

「まあ……。こ、これは、なんなの？　美味しすぎるわ」

よかった。ステイシーさんが、ハンナちゃんにも一口食べさせると、にっこりと笑った。

「アズサしゃん、おいちー！」

「よかったぁ」

ほっとして口に運ぶと、我ながら上出来だ。ふんわりした卵と、チーズのソースが合う。

三人とも完食し、大満足な笑みを浮かべてくれた。


食事を終えたハンナちゃんが、ボールのようなおもちゃで遊び始める。

やっぱり、料理を作って人に喜んでもらえる仕事がしたい。『美味しい』の言葉って心が温かくなる。

「食器、片付けてきますね」

立ち上がって、食器を持ち上げた時――。

「これは、居酒屋で出すと売れるかもしれないな」

ハーキムさんが腕を組んでつぶやく。その言葉に私は立ち止まって、ハーキムさんを見つめた。

「どうだ、ここでしばらく働いてみないか?」

「いいんですか?」

「こんなに美味しい卵料理を食べたことがない。アズサには、料理の才能があると思う」

ハーキムさんが褒めてくれたのが、すっごく嬉しくて、泣きそうになる。

「アズサをここで働かせたい。だから、どうやってここに日本から来たのか聞かせてほしい」

「……はい」

ステイシーさんとハーキムさんには、この先もお世話になる。だから、本当のことを話すべきだ。私は持ち上げた食器をもう一度テーブルに置いて、二人を見つめた。

「これから信じ難い話をします。でも、真実なんで、どうか信じてください」

「わかった。隠さないで素直に話してほしい」

「この世界に、私は迷い込んだのかもしれません」

「え? どういうことなの?」

「実は、大雨が降っていて、水たまりに落ちちゃったんです。息ができなくなって気がついたらここの川の近くで目を覚ましました」

「ほう。不思議な経験をしたのだな」

私が異世界から来てしまったかもしれないという、意味不明でやばすぎる話を、真剣に聞いてくれた。

しばらく考え込んだハーキムさんは、深く頷き、笑みを向けてくれた。

「俺はアズサの料理の味に惚れ込んだ。しばらく、ここにいたらいい。一緒に居酒屋を大繁盛させようじゃないか」

ハーキムさん、なんて、いい人なのだろう。

料理人としては、まだまだ未熟者だけど、この家族のために頑張ろうと決意をした。

◆

「すっかりお姉ちゃんの料理のとりこだ。また、食べに来るから」

「ありがとうございました！」

ハーキムさん一家にお世話になって二週間が過ぎていた。

相変わらず元の世界には戻れていないけど、居酒屋で調理係として働き、充実した毎日を送らせてもらっていた。

料理を好きなように作らせてくれるハーキムさんには感謝だ。

アズサの料理は、美味しいと口コミで広がり、連日大行列ができている。私の顔も覚えてくれる常連さんが増えた。

材料と調味料があまりないから、作られる料理が限られてしまうけど、精いっぱい頑張っている。

メニューは、日替わり！

今日は、じゃがいもをたくさん仕入れたらしいから、ニョッキにトマトソースをかけてみた。味見をすると……うーん、美味しい。こっちの世界の調味料にも慣れてきたかな。

どうやらツキキレット王国の国民は、スパイスが好きらしいから、ピリッと辛くしてある。

「お待たせしました」

テーブルに運ぶと拍手が湧き上がる。

ワインを飲んで陽気な紳士は、一口食べると目を大きく見開いた。

「美味すぎる！」

「よかったです」

「アズサは、神の舌を持っているね」

「褒めすぎですよ。私の名前まで覚えてくださりありがとうございます」

店内がざわつきだした。

どうしたのだろうと視線を動かすと、庶民とは明らかに服装が違う男性が入ってきた。

丈の長いコートを着て白いブラウスに膝丈のズボン、白いタイツにショートブーツ姿だ。

貴族かなーという感じの服装でちょっとお金持ちそう。

庶民の居酒屋に来るということは、視察とか、そんなのかな?

さ、もう少し余っている材料で作っちゃおう。


厨房に戻って、茹で上がったじゃがいもを潰す。毎日、料理をさせてもらえて幸せ。日本にいた頃はまだ作らせてもらえなかった。

今でも調理人としては自信がないから、大丈夫かなと思いながらだけど、心を込めて作っている。

ハーキムさんとステイシーさんは、とっても優しいから居心地がいいけれど、いつまでもここでお世話になるわけにはいかない。自分で生きていける道を探さないとなぁ……。

潰し終えたじゃがいもを丸めていると、いつも天使のステイシーさんが、血相を変えて厨房にやってきた。

「お、お、お、」

「お？」

「王子様がやってきたの」

「へー……。って、王子様が？」

なにしに来たのだろう。変な異世界人がいると噂にでもなってしまった？

「倉庫に隠れたほうがいいですかね？」

「違うのよ。アズサさんのお料理が、王宮にまで噂になっているらしくて、わざわざ食べにいらっしゃったんですって」

「えーーーー！」

びっくりして叫んでしまった。

さっきの人は、王子様の関係者だったのだろう。

王子様って言ったら、超、偉い人でしょ？

料理を食べてもらえるなんて光栄だけど、もしも、食べてまずいと思ったら抹殺されちゃうかもしれない。

震える私の肩を、ステイシーさんが擦ってくれる。

「大丈夫よ。自分を信じて。王子様に食べていただく機会なんてないと思うから」

「そ、そうですよね……」

覚悟を決めてやるしかない。

「まずは、ご挨拶に行きましょう」

「は、はい」

　厨房から店内に行くと静まり返っており、さっきまで食事をしていたお客さんが外から覗いていた。

　椅子に腰をかけている若い男性に視線を移すと、あまりにも美しくて息を飲んだ。

「……すごい……リアル王子様だ……」

　思わずつぶやいてしまう。王子オーラハンパないっ。

　彼が立ち上がってこちらに近づいてくるが、ドキドキしすぎて後ずさってしまう。

　ビロードのマントの肩には、王族のマークなのか、金色のブローチみたいなのがついていた。

　細かい刺繍（ししゅう）が施されているジャケットみたいな上着と膝丈のズボン。白いタイツごしに見えているふくらはぎは、筋肉質でセクシー。

　サラサラのブロンドヘアーで前髪が横に流れている。

　——ドキドキドキドキドキドキ。

　心臓が今までにないくらい、おかしな動きをした。

「ルーフレッド・シャロ・アクアムーン・ツキキレットだ。知っているかと思うが、この国の第一王子である。今日は、お前の料理を食べに来た」

低くて落ち着いた声が耳に流れ込み、ブルーダイヤモンドのような瞳に見つめられた私は、ノックアウト。

な、なんて、素敵な人なの⁉　倒れてしまいそうになるが、なんとか足に力を入れて立ち続けた。深呼吸をして自己紹介をする。

「ア……、ア……、アズサと申します。わ、わざわざ……ご足労いただき、あ、ありがとうございます」

リアル王子をお目にできるなんて、天からのご褒美かっ。

あぁ、心臓がおかしくなっちゃう。もう、死んでもいいぃぃ！

「アズサ、早く料理を」

ハーキムさんに促されて、我に返った。

「そ、そうですね！　ルーフレッド様、今すぐご用意しますのでお待ちくださいませ」

厨房に戻って盛りつけをした。

慌てて料理を運んでくると一呼吸置く。ウェイトレスをやっていた頃を思い出し、丁寧に置いた。

「ニョッキでございます。じゃがいもを潰して丸めて茹でまして、トマトソースをかけま

した」

「では、毒味をさせていただきます」

王子様の斜め後ろに立っていた男性が出てきて毒味をする。こんなに麗しい王子様を殺そうなんて、考えるわけがないですし！　でも、一国の大事な王子様だから、念には念を入れるのも頷ける。

毒味をした彼は、笑みをこぼしそうになったが、味の感想は言わずに報告をした。

「問題ございません」

続いて、王子様がスプーンでニョッキを掬（すく）う。

食事姿、レアすぎる！

スマホで写真を撮って待ち受けにしたら、いいことが舞い込んできそう！　あぁっ、萌（も）え。

一口食べた王子様は、私を見つめる。どんな審判がくだるのか。シーンと静まり返り、誰かの唾を飲み込む音が聞こえた。私の心臓は壊れてしまいそうなほど、暴れている。

「アズサ」

「は、はい」

「専属料理人として、王宮で働くよう命じる」

「へ？　誰のですか？」

「俺のだ」

「ルーフレッド様の……ですかっ？」

し、信じられない。私なんかでいいの？そうなると、ハーキムさん一家とお別れ？　……寂しいな。本当に親切にしてくれたし、温かい人達だった。

視線を移すと、ステイシーさんもハーキムさんも切なげな瞳をしている。ハンナちゃんが近づいてきて、抱きついた。

「アズサしゃん、行っちゃ、嫌よ。寂しい」

「……ハンナちゃん」

ハーキムさんがハンナちゃんを私から引き剥がして、抱き上げた。

「アズサ、行け」

「ハーキムさん……」

「ルーフレッド様のご命令だ」

王子様の命令は、絶対的という雰囲気だ。もし、断ったら公開処刑とかありえそう。

永遠のお別れではないし、ハーキムさん一家には、会いに来ようと思えば会えるよね。

いつまでもハーキムさん一家にお世話になれないし、王宮で働けるなら、食いっぱぐれがないだろう。いい話なのかもしれない。

「あの……、ルーフレッド様。住むところは、与えていただけますか？」

「当たり前だ。専属料理人となれば、それ相応の待遇（たいぐう）で受け入れるつもりでいる」

権限がありそうな言い方。

小説の中の王子様は、ツンでもいずれ溺愛してくれるパターンが多いけれど、ルーフレッド様って冷たそう。冷血人間って感じ。

料理人になるのが夢だったんだし、それが叶うチャンスでもある。

王子様を大満足させられる専属料理人になりたい。

未知の世界で怖いけれど、飛び込むことにした。

私は、まっすぐにルーフレッド様を見つめる。

「こんな私ですが、どうぞよろしくお願いします！」

「では、参ろう」

「い、今から!?」


荷物といってもリュックサックしかありません。すぐに出ていく準備ができてしまった。

ルーフレッド様って、麗しい容姿をしているけど、どんな人なのだろう。

「手伝うことはない？」

ステイシーさんがリビングまでやってきた。

「荷物が少ないので……。あの」

私は小声でステイシーさんに尋ねてみる。

「ルーフレッド様って、素敵ですが、とっても冷たくて、怖そうなんですけど」

「ルーフレッド様はクールなお方だけど、国民の信頼は厚いわ」

「そうなんですか？」

「国民のために街を整備してくれたり、話を聞いてくれたり、心を砕いてくださっているの。アズサさんなら、気に入ってもらえるわ。笑顔で元気よく働いてね」

「わかりました。ちょっと安心しました。ありがとうございます！」

「行きましょう」


外に出ると、白馬が四頭の金色の馬車が用意されている。

ゴージャスだなぁと見入ってしまう。

馬車には、細やかな模様がついていて、目がチカチカする！

「アズサ」

居酒屋で知り合ったお客さん達が、お別れに握手を求めてきた。

「元気でやれよ」

「アズサらしく、明るくな！」

「短い間だったが、ありがとう」

温かい言葉に感動して胸がいっぱい。こんな気持ちになるのは、小学校の卒業式以来だ。

ハーキムさんと、ステイシーさんと、ハンナちゃんと、順番に抱擁(ほうよう)をする。

「命の恩人、本当に忘れませんっ。また会いに来ます！」

「いつでも帰って来い。アズサは家族だ」

「アズサさん、ルーフレッド様のために、美味しい料理をたくさん作ってね」

「ハンナのこと、忘れないでね」

「うん、ありがとう」

胸がジーンと熱くなり、涙が出ちゃう。異世界でも、人間って温かい。


別れを惜しんでいると、馬車に乗ったルーフレッド様が窓から冷ややかな瞳で見ていた。

あまり待たせてはいけないと思って馬車に向かうと……。

「アズサさんはこちらです。ルーフレッド様の側近、わたくしダーウィンと一緒に参りましょう」

ブロンドヘアーで切れ長の瞳に丸い黒縁フレームのメガネをしている。彼はルーフレッド様の秘書みたいな感じなのかな？

王子様と一緒に乗り込むなんて図々しいよね。反省。

案内された馬車に乗り込むと、ダーウィンさんが窓を開けてくれる。

「バイバイ！」

「ありがとう！」

声が枯れるほど叫んだ。

涙でぐしゃぐしゃになっている私に、ダーウィンさんがため息をつきながら、綺麗な布を手渡してくれる。

「……ルーフレッド様も、どうしてあなたみたいな小娘を指名したのやら……」

「……え？」

「いえ、なんでもございません」

ダーウィンさんは、私が専属料理人になることを不満に思っているようだ。たしかに、まだ若いし経験値が少ないかもしれないけど、絶対に喜んでもらえるように頑張るんだからっ！

「料理がよほど気に入ったのでしょうね」

「そうですか。選んでくださり光栄です！　ダーウィンさんにもお世話になりますがよろしくお願いします！」

ダーウィンさんは、咳払いをした。やっぱりあまり受け入れられていないようだ。

「ルーフレッド様は、油っぽい料理があまりお好きではないのでご注意を」

「わかりました」


五分くらい走ったところで、突然、馬車が止まった。

どうしたのかとダーウィンさんと瞳を合わせる。

扉を叩く音が聞こえ、ダーウィンさんが窓を開けて対応をした。

「え？　ルーフレッド様が？　……わかりました」

不機嫌そうな瞳を向けられた。

「ルーフレッド様の馬車に乗るよう、ご命令があったそうです。どうぞあちらへ」

「……わかりました」

私はルーフレッド様の馬車に移動することになり、降りた。ルーフレッド様が乗っている馬車まで移動すると、護衛さんがドアを開いてくれる。

中を覗き込むと、ルーフレッド様の姿が光り輝いて見えた。

拝みたくなってしまいそうなほど美しい。

目が合うだけで、なにも言えなくなってしまうほどの威圧感があった。一緒に乗るなんて緊張してしまうし、恐れ多い。

「乗れ」

「お邪魔します」

乗り込むと扉が閉められ、馬車が動き出す。密室で息苦しい。こうみえて人見知りなんです。どんな話題を振ればいいか困っちゃう。

「本来は俺の馬車には乗せないが、お前がどういう人物なのか知る必要があるから来てもらった」

「……はい。なんでもお答えします。気軽にお聞きください」

すっごく、上から目線の態度だ。嫌な感じ。王子様だから仕方がないのかな。

「アズサは異世界からやってきたらしいな」

「ご存知でしたか」

ルーフレッド様の顔を覗き込むが微笑んでくれる気配はない。

表情一つ変えないので、なにを考えているのかわかりにくい。

「日本というところからやってきました。大雨の日に水たまりに落ちて、目が覚めたらこの国にいたんです」

こんな話、信じてくれないだろうなぁ……と、私はうつむいた。頭がおかしい女だとか思われてそう。馬車の中に沈黙が流れ、しばらくすると、ルーフレッド様が口を開いた。

「世の中には不思議なことがあるものだ。アズサの言うことは信じるつもりだが、異世界人であったとしても、この国のルールには従ってもらう。覚えておけ」

「わかりました」

厳しい口調で言ったルーフレッド様は、それ以降は無言になってしまった。

本当は、好きな食べ物とか聞きたいけれど、話しかけられる雰囲気ではない。

私が憧れていた王子様とは程遠い。見た目だけは、パーフェクトだけど……。

普通は『見知らぬ地、しかも突然王宮に働くなんて不安だろう。俺になんでも言ってくれ。困ったことがあれば、守ってあげるから』にっこり。……みたいな流れにならない？

王子様ってそういうイメージだったんだけど、ルーフレッド様に会って夢がぶち壊された。王子様とのロマンスなんて妄想をしている場合じゃない。気を引き締めて働こう。

第二章　異世界で新生活がスタート

「そろそろ、王宮に到着する」

「窓を開けて見てもいいですか？」

「構わない」

窓を開けて景色を眺めていると、頑丈（がんじょう）そうな鉄製の門が見えてきた。

街から王宮へは馬車で二十分くらい。王子様と気まずい時間を過ごしていたせいか長く感じた。

護衛さんによって開かれた門の中に入っていく。馬車は、敷地内に入っただけで、まだまだ奥へ進む。すっごい、広い。東京ドームいくつ分あるの？

手入れされている小さめの庭が目に入り、その奥にはいくつも建物があった。家畜の匂いがする。

「あれは使用人の居住場所だ。そこは厩舎（きゅうしゃ）。菜園もある。あそこは騎士館だ」

「すごい。騎士団がいらっしゃるんですね」

「当たり前だ」

無表情で答えるルーフレッド様を見ると、機嫌が悪いのかと思ってしまう。物珍しくてついつい言葉を口に出しちゃったが、あまり言わないほうがいいかも。なんだか迷惑そうだし。

「ここからが俺が暮らしている区域だ」

城門棟が見えると、可動式の橋があった。そこを渡ると、背の高い壁で囲われた区域がある。城門の前が厳重に警備されていた。

一国の王子様って、大変そう。敵がどこから攻めてくるかわからないし、気が休まらないだろうなぁ。


扉が開いて中に入ると、等間隔にランプが設置されていた。宮殿までまっすぐに道が伸びている。奥には、綺麗に整備されている大きめの花園が見える。色んな花が咲いていそう。風に乗って花の甘い香りがした。華やかな雰囲気と薔薇の高貴で甘い香りに、乙女心が刺激される。

そうそう、こういうのがヒストリカル系小説でよく読む情景！

「……綺麗ですね！」

「あぁ。庭師が丁寧に花々を育てているからな。余裕ができたら見学するといい」

ルーフレッド様は表情を変えずに、無愛想に話す。この人にも感動する心とか、あるのかな。

「あそこで俺は生活をしている」

白い壁に水色の屋根が印象的で荘厳な屋敷が見えた。部屋の数はどのくらいあるのかと思うほど、大きな建物だった。

まさに、おとぎ話に出てきそうな王子様が住んでいるお城っていう感じ！　私は、ついつい興奮してしまう。

「こんなに素敵な建物、見たことがありません！」

「……」

ルーフレッド様はついに私の言葉をスルーした。対応が面倒くさくなった？

屋敷の前に到着すると、馬車の扉が開かれる。踏み台が用意され優雅にルーフレッド様が降りた。反対側の扉が開き、私も降りる。

宮殿の入口に向かうと、ものすごい人数の使用人が出迎えていた。ルーフレッド様に対して一斉に頭を下げる。

少しでも頭を下げるタイミングが遅れたら、どうなっちゃうのって恐怖を覚える物々しい雰囲気だ。

「今日から専属料理人になってもらうアズサだ。顔を覚えておくように」

「はい」

揃った挨拶に関心する。

ルーフレッド様に逆らえる人なんてこの中にはいないようだ。

中に入ると玄関とは思えないほど、広い空間が広がっていた。まるでダンスホールみたい。

目の前には大きな階段がある。

天井を見上げると、天使のような男女が空を飛んでいる芸術的な絵画が描かれていた。

圧倒された私は、床を見た。複雑な模様の絨毯(じゅうたん)が敷かれており、足音を吸い込んでくれる。踏んでしまうのが申し訳なくなるほど高級そう。

首を左右に動かすと、いたるところに金色の置物があり、お香(こう)が炊かれていていい匂いがする。

やばい、完全に映画の中の世界だ。こんな経験することはなかなかないだろうから、しっかりと、目に焼きつけておこう。

「アズサを部屋まで案内してやりなさい」

「かしこまりました」

王子様は、近くにいた付き人に私を託した。

宮殿は案内してくれないみたい。まぁ、そうだよね。私は料理人なのだ。お客様でもなければ、恋仲でもないのだから。

「明日から料理を頼む。では」

「頑張ります！」

ダーウィンさんを引き連れて階段を上っていく。あぁ、宮殿の中を見学してみたかったなぁ。

「では参りましょうか？」

「はい」

後ろ髪を引かれる思いで、私は歩きだした。

◆

外に出て橋を渡って坂を下ると、使用人が生活する棟に到着した。華美（かび）ではないが清潔感があり、沢山の人が暮らしているようだった。

部屋に案内されると、ベッドが二つある。一人部屋じゃなく、どうやら二人部屋のようだ。

一緒に住む相手がいい子だったらいいな……。住む場所を与えてもらっただけ、ありがたいと思わなきゃ。

荷物を置くと、早速調理場に連れて行かれた。厨房は王子様が住む建物の隣にある。

調理場を眺めると、ハーキム家とは比べようもないほど、調理器具も設備も整っていた。ただやっぱり火を起こすのは、手でやらなければいけないらしい。ガスありがたや〜。

でもここには、パンを焼く窯(かま)がある！　柔らかいパンを作れるのは嬉しいな。

庶民の食べているパン、めっちゃ硬かったからね。腐らないようにあえて硬く焼いているらしく、スープに浸さないと食べられない。フランスパンが大好きな私でも引くくらい硬かった。

奥のほうでは、子豚を串刺しにして丸焼きをしているようだ。ちょっと、リアルガチでびっくり。

美味しそうな焦げた匂いはするが、なんとも言えない気持ちになる。まぁ、ああいう調理方法があるのも理解しなければいけない。

「お前か。小娘じゃないか」

背が高くて体格のいい中年男性が、嫌味を言いながら近づいてくる。

ワンピースにズボン。腰にエプロンみたいなのを巻いていた。

「これからお世話になります。アズサと申します。よろしくお願いします！」

「料理長のニコライドだ。お前みたいな外国人がルーフレッド様の専属料理人になるとは気に食わん」

うわっ、出た。邪魔者扱いする冷たいおじさん登場！　でも私、俺様シェフに厳しく育てられたから、こんなことではめげない。ルーフレッド様に喜んでもらうためだけに頑張る。

「料理長、そんな言い方しなくてもいいんじゃないですか？」

「なんだと？」

料理長の後ろからひょっこり顔を出したのは、赤毛で髪の毛が顎のラインで切りそろえられている女性だった。

目鼻立ちがはっきりしていて、小動物のように可愛らしい。ルビー色の瞳に吸い込まれてしまいそう。

「初めまして。ブリタニーよ。同じ部屋になるということだから、仲よくしてね」

「ありがとうございます。よろしくお願いします」

よかったぁ。ブリちゃんなら、仲よくできそう！

「まずは、王宮の料理の決まりごとを教えてやる」

「はいっ。お願いします！」

リュックサックに入っていたメモ帳とボールペンを用意する。

彼らは私のボールペンを不思議そうな瞳で見てきた。

「変わったペンね」

「とっても書きやすいんですよ」

「へぇ」

この国ではどんな紙とペンを使っているのだろう。

「では、説明する。朝食は七時。昼食は十二時だが、ルーフレッド様は、あまりお昼はお食べにならない。夕食は五時だ。夜食の注文は、週に二回から三回だ」

夜食も作るんだ。寝る時間があまりなさそう。でも、永遠に専属料理人をやるわけじゃないだろうし、若い時は働きまくって稼がなきゃ。この国、年金制度とかなさそうだし……。

「とにかく栄養つけてもらうために、肉をいっぱい食べてもらっているんだ。肉、肉、肉だ。ここは王宮だから、たくさんの調味料がある。色んな味付けをして飽きないように調理を頑張っている」

お肉をいっぱい食べているから、こんなにメタボなお腹をしているのかも。食べ物が自分の体を作るということを知らないっぽい。栄養バランスが大事なのに！

「なんだ。文句がありそうな顔をしているな」

「い、いえいえ」

ここで口答えをしてしまえば、険悪な空気になってしまうと思って黙った。調理場での動きを完全にマスターしたら、徐々に栄養面を考えながらご飯を作ろう。

◆

働きはじめて今日で三日目。少しずつ王宮での生活も慣れてきた。

私にも服が与えられた。ワンピースにエプロンと頭巾だが、生地が分厚いので動きにくい。

朝早く起きて、夕方まで働き、結構ハードだがブリちゃんがいてくれて助かる。優しいしフォローしてくれるし話し相手になってくれる。

この三日間、ルーフレッド様からの文句や注文はない。

給仕係がいるので、直接食べているところを見ていないから、反応は又聞きだった。

『完食されていましたよ』との報告だけ。きっと、満足してくれているのだと信じよう。

今日の夕食はどうしようかな……。

厨房の中にある食材倉庫を眺めながら考える。

夕食の基本は、白いパン、肉料理三品、魚料理三品、ワインとエール。

エールっていうのはビールみたいなアルコール飲料だ。この国にはまだお茶とかコーヒーは広まっていないらしい。

お酒が苦手な私は、アーモンドミルクを飲むことが多かった。

王族は、野菜をほとんど食べていないので驚いた。葉物は特に雑草のイメージがあるらしい。健康のためにも、野菜をもっと食べてほしい。

今日は、魚料理をカルパッチョのようにして、さり気なく野菜を入れちゃおう。

フレンチとイタリアンを工夫して取り入れ、和食の知識も使いながら、料理のレパートリーを増やそうと思っている。

「アズサちゃん、どう？　夕食はなににするか決まった？」

「ブリちゃん！　うん、もうちょっとかな……」

「大変そうだけど、ルーフレッド様の専属料理人なんて羨ましいなぁ」

「光栄だけどさ……」

あの王子様、無愛想だったから。みんなが尊敬しているのが理解できない。

「だけど、なに？」

「いやいや、光栄だよ。さてと、夕食の準備に取りかかるね」

材料を籠に入れて調理台に持っていく。

豚肉を棒で叩いて薄くして、人参と牛蒡（ごぼう）を巻いて焼き、ソースはオレンジソースをかけよう。

牛頬肉の赤ワイン煮込みと、フォアグラのテリーヌ。

お魚料理はタコのカルパッチョと……。

メニューを頭の中でまとめていると、厨房の空気がピリついた。ニコライド料理長の機嫌が悪くなったのかと、視線を動かすと数名の護衛さんを引き連れたルーフレッド様が入ってきた。王子様がこんなところに来るなど予想していなかったので、びっくり！

「ルーフレッド様、いかがなさいましたか？　もしかして、アズサの料理が不味くてクビにしたいということでいらっしゃったのでしょうか？」

ニコライド料理長が、ルーフレッド様にペコペコしながら話しかけているが、ルーフレッド様は料理長の言葉を無視して私のほうへ一直線に向かってくる。

「アズサちゃんに用事があるのかもよ」

ブリちゃんが小声で耳打ちしてきた。専属料理人である私にきっと用事があるのだろうけど……。

「それだったら、側近さんに伝言を頼めばいいじゃない」

「それもそうだよね」

なにを言われるのだろうと、顔が強張る。料理が口に合わなくて、本当にクビを宣告に来たのかもしれない。せっかく慣れてきたのに、残念だ。まだまだ料理の腕を磨かなきゃなぁ。

牛肉を切り分けていると、ルーフレッド様が私の近くで歩みを止めた。

明らかに、視線を感じるけれど、気がつかないふりをして料理を続ける。でも、無視するわけにはいかない。ナイフを置いて、王子様に視線を向けて私は愛想笑いを浮かべた。

ルーフレッド様にお会いするのは、王宮に来た時以来だ。久しぶりに見ても麗しい。

「いつもお世話になっております！　お久しぶりでした」

ギロッと睨まれる。あれ、挨拶の仕方がおかしかった？

「料理を続けろ」

「……は、はい」

え、ただ見学に来ただけなの？　ルーフレッド様に見守られる中で料理をするなんて、拷問(ごうもん)なんですけど！

心臓が激しく動き出し手が震えてしまう。

ブリちゃんが私の隣で作業をしてくれるのが、超、心強い。

肉を切り分けると臭みを取るために塩で揉む。付け合せの野菜を切り始めた時――。

「アズサ」

ルーフレッド様の低くてセクシーな声が、私を呼ぶ。

「な、なんでしょうか？」

おそるおそる視線をルーフレッド様に動かすと、冷ややかなブルーダイヤモンドの瞳と目が合った。

雷に打たれたかのような衝撃が走る。威厳があり、生きる世界が違う人という感じがして、萎縮してしまう。

「アズサの作る料理を本当に気に入った。食事の時間が楽しみで仕方がないことを伝えに来た。いつも感謝している。この調子で頑張ってくれ」

料理人として、言われてありがたい言葉だった。

わざわざお礼を言いに厨房まで足を運んでくれるなんて、意外といい人じゃない？

私は、ニッコリと笑みを向けて頭を下げる。

「ありがとうございます！」

ニコライド料理長が視界の横に入ると、面白くなさそうに顔をしかめていた。

この際だから、もっと野菜を使った料理をしてもいいか聞いてみよう。

「ルーフレッド様は、お野菜はお嫌いですか？」

「野菜？」

「菜園を拝見しましたら、太陽の光を浴びた美味しそうな野菜が、たっぷりとありました。ぜひ、食べていただきたいなと……」

厨房は、シーンと静まり返る。アウェイな雰囲気がビンビン伝わってきた。王族や貴族が野菜を食べるなんてタブーらしいけど、私はもっと色んな食べ物をルーフレッド様に食べてもらいたい。栄養バランスもそうだし、野菜が美味しいものだと知ってもらいたかった。

　緊張しながら、ルーフレッド様を見つめる。

「アズサが美味しいと言うなら、食べてもいい」

ルーフレッド様の答えに厨房は驚きに包まれる。まさか王子様が雑草を食べると言うとは思わなかったのだろう。

「ありがとうございます！」

「夕食も楽しみにしている」

伝えたいことを言い終えると、ルーフレッド様は一行を引き連れて厨房を出ていく。

自分の作る料理が誰かに喜ばれているのが嬉しくて胸が熱くなる。

余韻に浸っていると、チッと舌打ちが聞こえてきた。

ニコライド料理長がムッとして鶏をさばき出す。

殺意を感じるのは気のせいでしょうか……？

◆

今日も一日終わった——。

ベッドに横になるとラベンダーのいい香りがする。木枠のベッドには、麦わらのマットが敷かれていて寝心地がいい。毛布まで用意されているので天国だ。ハーキムさんの家にいる時は硬い床の上だったもんね。

「ブリちゃん、おやすみ」

「おやすみー」

ブリちゃんがランプを消そうとした時、部屋をノックする音がした。私とブリちゃんは目を合わせる。こんな時間に誰だろう？

ベッドから抜け出して、おそるおそるドアを開けると、ダーウィンさんが立っていた。

「アズサさん、ルーフレッド様がお夜食を希望されています」

「……わかりました」

外は真っ暗。話には聞いていたが、こんな時間に夜食を摂るなんてびっくりだ。

「手伝おうか？」

「大丈夫。ブリちゃんは先に眠っていて」

「うん。……頑張ってね」

私は着替えて急いで厨房に向かう。ダーウィンさんがランプを持ってついてきてくれた。

突然のオーダーに悩んでしまう。寝る前だし消化にいい物がベストだよね。日本だとおじやになるんだけど……。うん、リゾットにしよう。

玉ねぎとほうれん草を刻みバターとニンニクで炒め、お米を鍋に入れて白ワインを入れて煮る。

お米が柔らかくなったところに昼間に作ったブイヨンを入れて、塩コショウで味を整えて盛りつける。最後にパラパラっと粉チーズを振って完成。

「お見事。さすがルーフレッド様が目をつけたお方ですね」

「ありがとうございます。毒味は、どなたがしてくださるのでしょう？」

「わたくしが見ていたので問題ありません」

「そうですか。給仕係さんは？」

「もう眠っていると思うので、わたくしが一人で……」

「もしよければ、一緒に運びましょうか」

「ありがとうございます。では、お言葉に甘えて」

こんな暗闇をダーウィンさん一人で歩かせるのは可哀想だ。

今までは、きっとダーウィンさんが一人で運んでいたのだろう。

暗い廊下を一緒に歩きながら、ルーフレッド様の元へと向かった。

「今までは夜食は誰が作っていたのですか？」

「料理長です。運ぶのはわたくしですが」

「お互いに大変な仕事ですね」

「いいえ。ルーフレッド様のためならこんなこと苦になりません。ルーフレッド様にお仕えできて光栄です」

誰かのためにこんな風に思えるなんて尊敬。

階段を上がり右奥へと進んでいくが、ランプの光のみで真っ暗だからなにも見えない。せっかく王子様の住んでいる館に入ることができたのだから、もっとよく見たかった。

……残念。

歩いていくと、護衛さんが警備している部屋があった。

ダーウィンさんが許可を得て中に入っていく。

私は廊下でダーウィンさんを待つことにした。すると、すぐに彼が戻ってくる。

「アズサさん、ルーフレッド様がお呼びです」

「えっ？　王子様のお部屋に入っちゃってもいいんですか？」

「料理の説明をしてほしいとのことでして」

「わかりました」

じゃあ、遠慮なく失礼しちゃおう。


中に入ると長い廊下があり、焦げ茶色の重厚な絨毯が敷かれていた。

進んでいくと広い部屋がある。大きなソファーがあり、奥にはまだ部屋が続いているようだ。窓には絨毯と同じ色のカーテンがある。外は真っ暗で景色は確認できない。

ダイニングテーブルセットに座っているルーフレッド様が目に入る。シルクのような生地のサラッとしたワンピースを着ていた。これは、夜着なの？

肉厚な胸板と引き締まった体のラインが浮き上がっていてセクシーだ。思わず、ドキッとしてしまう。男性とまともに付き合ったことがない私には刺激が強すぎるんですけどっ。

「こ、こんばんは。料理の説明にやってまいりました」

「下がっていい」

入ったばかりなのに帰れと言っているのかと思ったけど、ルーフレッド様はダーウィンさんに言ったらしい。ダーウィンさんが頭を下げて部屋を出ていく。

一人で自分の部屋に戻るなんて……地獄。暗いところはあまり得意じゃないのに。

ルーフレッド様と目が合った私は、おそらく涙目になっているだろう。

「この料理の説明をしてくれないか？」

「……は、はい。リゾットです。炒めた野菜とお米を煮込んだ物です。夜なので胃に優しくて体が温まるのがいいかと思いまして」

「なるほど。いただいてみよう」

表情を変えないから、お気に召さなかっただろうかと不安になる。王子様の思考がまったくわからない。

スプーンで一口掬い食べたルーフレッド様は、味わってから深く頷いた。

二口目を食べてくれる。どうやら、気に入ったようだ。

美味しいなら、一言、言ってくれたらいいのに。

食べる姿を突っ立ったままぼんやりと眺めていると、ルーフレッド様がこちらを向く。

「ワインでも飲むか?」

「いえ、アルコールは苦手なんです」

「苦手?」

「飲むと酔っ払って目が回っちゃうんです。お酒ではいい思い出がなくて……」

「ほう」

「日本ではお酒は二十歳まで禁止なんです。二十歳の誕生日に先輩とお酒を飲んだら、頭が痛くて大変だったんですよ。次の日は一日中ベッドで寝ていました」

ついついラフな口調で話してしまった。

やばいと思って、手のひらで口をおおって、うつむく。

「食事中だが、会話に付き合ってくれないか?」

意外な言葉で、弾かれるように顔を上げた。

「もちろんです!!」

「適当にかけてくれ。アルコールの入っていない飲み物を持ってこさせよう」

「い、いえ……お構いなく」

ルーフレッド様の近くの椅子に座り視線を向けると、彼はとても満足そうに食べてくれている。

「アズサの料理は絶品だ」

「喜んでいただけて、光栄です」

いつも無愛想な王子様だが、今日は少しだけ柔らかい雰囲気がした。

「日本という国は、食文化も発達しているのか?」

「はい。和食といいまして、繊細な料理が多いです。私は日本では洋食の調理師の見習いでした」

「そうか。アズサで見習いであるなら、日本は調理師の質が相当高いのだろうな」

「どうでしょうね。怒られてばかりでした。いつか料理人になりたい一心で頑張っていました。なんか、遠い過去のようで懐かしいです」

「ここに来て料理人をしているのも運命かもしれないな」

ルーフレッド様とゆっくりと話してみると、そんなに偉そうじゃない。

リアル王子様とこうして会話させてもらえて面白くなり、饒舌(じょうぜつ)になってしまう。

「あの……今日の夕食の野菜料理はいかがでしたか？」

「さっぱりしていて物足りないかと思ったが、食べ終えたら満足だった。野菜料理も気に入ったぞ」

「よかったです。同じ野菜でも煮たり焼いたりで味が変わるので美味しいですよ！」

満面の笑みを向けると、ルーフレッド様はクールな瞳でちらっと見た。男性と二人きりでこんなに長く会話をしたことがないので、ドキドキする。

ルーフレッド様はどう思っているかわからないけれど、私はもっと話をしたいし、ルーフレッド様の話も聞きたいと感じていた。

王子様は、好きな人とかいないのかな。まだ結婚はしていないようだけど……。

第一王子という立場なので恋愛結婚じゃなくて、決められた相手とするのかもしれない。

「俺の顔になにかついているか？」

じっと見つめすぎてしまった。反省。

「いえ……」

私は慌てて首を左右に振った。

「アズサはいくつなんだ？」

「二十歳です。ルーフレッド様は？」

「六つ上だ」

「じゃあ、私よりもお兄ちゃんですねっ。落ち着いているなーって思ったんですよ！」

あ、ちょっと引いているかも。話し相手になってくれって言ったのは、ルーフレッド様だけど、こんなにペラペラと話すと思わなかったのかも。


食事を摂り終えたルーフレッド様がベルを鳴らす。すぐに専属使用人の女性が入ってきた。食器を下げるように指示し、りんご水を持ってくるように告げる。

専属使用人はすぐに銅製のカップとりんご水を持ってきた。頭を下げて出ていく。私がいたのにまったく表情を変えなかった。すごい教育をされているなぁと感心してしまう。

「これはりんごの果汁を絞った物だから酒ではない。飲んでみてくれ」

「ありがとうございます。なんか、わざわざすみません」

気を使ってくれたみたい。ありがたく飲んでみると、百パーセント果汁のジュースみたいで美味しい。

「甘くてとっても美味しいです」

「それはよかった」

ルーフレッド様も飲むと、カップをテーブルに置く。

「アズサのように感情を素直に表現するのは、見ていて気持ちがいい」

伏し目がちになり、切なそうに見える。王子様という立場上、あまり感情表現をしないのかもしれない。心を開ける人も数少なさそうだ。

「夜食は、どんな時に食べたくなりますか？」

「眠れない時だ。考えることが多い。考えていると空腹感が強くなりさらに眠れなくなる」

ストレスが溜まって眠れなくなる。そして、寝られないからお腹が空く。

うわ、悪循環……。

今は、食事も終えたし、眠くなってきたかな？　そろそろ帰ろうか。でも、真っ暗闇を歩いていくのは辛い。誰か一緒についてきてくれる人なんて、いないよね。

「あのう、そろそろ失礼しようかと思いますが……、暗いところを一人で歩くのが苦手でして、どなたかいませんか？」

「それなら、朝までここにいるといい」

は、はい!?

衝撃発言ではありませんか？　一応、私はうら若き乙女なんですが！

もしかして、ルーフレッド様ったら、いやらしいことを考えておりません？

ルーフレッド様に誘われたら、断る女性などいない——とでも、思ってるんじゃ……。

警戒しながら見つめると、冷静な口調で一喝された。

「心配しているようだが、女には不自由していない。アズサを部屋に送り届けるために使用人を動かすほうが悪いだろ」

……ですよね。

ルーフレッド様のような素晴らしいお方であれば、女性はもう充分と思うほど寄ってくるよね。変な想像をしてしまいごめんなさい。

「では、この部屋の一角をお借りします。床でも構いませんので」

「それは俺の良心が痛む。ベッドで眠るべきだ」

「いえ、ルーフレッド様がお使いください」

「二人で使えばいいだろ」

は……い……？

それって、添い寝ってことですかっ？

顔が熱くなり立ち上がって、手を顔の前でブンブン振る。

「添い寝なんて、お、恐れ多いことは出来かねます！　ソ、ソファーで構いませんっ」

「ソファーは休憩する場所であって、眠る場所ではない」

「そ、そんな……、も、申し訳ありませんし！」

「俺がいいと言っているのだ」

ムッとしたような表情を向けられて、言い返せなくなる。

普通、ルーフレッド様に一緒に横になろうと言われたら、誰もが喜ぶだろうけど……。

私は、絶対に体が鉄のように硬くなって眠れない。

必死で拒否する私を見てルーフレッド様は、苛ついた瞳をしている。

今すぐ一人で暗闇を帰るか、添い寝するか、どっちがいい？　……と、聞かれているような感じがした。

「で、では……条件があります。お夜食を運ぶのはこれで最後にします」

ダーウィンさんには、申し訳ないが一人で運んでもらおう。毎回ルーフレッド様と添い寝はありえない。

ルーフレッド様は腕を組んで考え込んでいる。なぜ、すぐに頷いてくれないの？

「それは困る。どんな料理なのか、アズサから説明を受けたい。説明を聞いたほうがより美味しく食べられる」

「……ダーウィンさんに伝言を託しますので、どうか……」

「それに、アズサとの会話は意外といける」

いけるって。

あー、もう嫌だ。王子様って超、自己中なのでは？

「打開策を考えておこう。とりあえず、今日は眠ることにする」

「……はい」

やっぱり、同じベッドで眠るなんて無理っ！

立ち止まってしまうと、睨みつけられる。

ルーフレッド様が私の手首をつかみ、引っ張るようにして歩いて寝室へと向かう。

「こ、こんなに広いところに一人で住んでいたら寂しくないですか？」

「じゃあ、一緒に住もうか？」

一気に体が火照り、頭に血が昇る。鼻血が出てしまいそうだ。

ルーフレッド様はフンッと鼻で笑った。

「冗談に決まっているだろ」

「……あはは。ですよね」

いちいち本気にしてしまう私って……。

「お前はピュアだな」

「……ありがとうございます」

女慣れしていそうな対応。なんかちょっと悔しい。

「ルーフレッド様は、ご結婚なさらないのですか？」

「俺は、一緒に住む女性は慎重に選びたい。誰もが俺の地位や財産を見て迫ってくる。俺の中身を知ろうとする女はいなかった」

お金持ちの男性の典型的な悩みを、ルーフレッド様も持っていたなんて、可哀想。

でも、ルーフレッド様も変わっていかないと出会えないじゃない。

「ルーフレッド様も心を開かないといけませんね！」

「なんだと？」

ぎろっと睨まれる。美しいお顔にそんな表情は迫力がありすぎ！

「じ、自分のことを棚に上げて、相手にだけ求めるのは、ふ、不平等ではないですかっ」

思わず、失言しちゃった。

相手は王子様なのに、生意気なことを言ったらクビになってしまうかもしれない。

殺気を感じて逃げようとするが、手首をつかむ力が強くなった。

「……も、申し訳ありませんっ。余計なことを言っちゃいました」

目をギュッと閉じて、頭を思いっきり下げた。

「面白いことを言うな？」

怒られるかと思ったが、意外にも優しい声音が頭に降ってきた。

「自分の心を見せろなど、言われたことがなかった」

「そ……そうですか」

「アズサには心を開いてみようか？」

「へっ」

どうして、そんな展開になるの。きっとからかって楽しんでいるのだ。

「からかわないでくださいっ」

「ははは」

ルーフレッド様が楽しそうに笑っているのを見て、私は胸が温かくなっていた。


寝室に到着すると、キングサイズのベッドが目に飛び込んでくる。

数分後、ルーフレッド様は右よりに、私は左よりに横になった。

ルーフレッド様の寝息が聞こえてくる。……私は、全然眠くならない。緊張しすぎて目がギンギンに冴えてしまった。

「ぎゃっ」

寝返りを打ってきたルーフレッド様が私をギュッと抱きしめた。

お、犯される！

身構えていたが、どうやら抱き枕にされてしまったらしい……。

は、早く、朝になって！

◆

朝食が終わり、昼ご飯の準備をするまでの束の間の休憩時間。

私はブリちゃんと廊下を歩く。ぼんやりと、今朝の出来事を思い出していた。

目が覚めると、ルーフレッド様がすぐそばに添い寝していた。というよりも抱き枕のようになっていた。

『アズサは抱き心地がいい。よく眠れた』

ルーフレッド様が嬉しそうに言っていたが、私は男性と同じベッドで眠るなんて経験がなくほとんど眠れなかった。朝方になりちょっと睡眠を取れただけ……。

「アズサちゃん、昨日どこで寝たの？」

一緒に歩いているブリちゃんから、不思議そうな瞳を向けられる。まさか、王子様のベッドでなんて言えない。本当に、なにもなかったけれど、誤解されたら困る。

「ルーフレッド様の近くのお部屋をお借りしたの。真っ暗だったから泊まっていきなさいって。意外に親切だよねー。いやーでも、自分の枕じゃないと落ち着いて眠れないよねぇー」

「遅い時間にお疲れ様。夜食を頼まれるたびにそうだと疲れちゃうね」

「う、うん」

なんとか誤魔化せた。心臓に悪っ。

窓から中庭が見える。そこにはルーフレッド様がいて、数名の人達が必死な顔でなにか訴えていた。

「あの方達は？」

「国民よ。ルーフレッド様に聞いてほしいことや、叶えてほしいことを言いに来ているのよ」

「王子様って、そんなこともするの？」

「そう。大変よねぇ」

私とブリちゃんは菜園に向かった。


菜園には、様々な種類の野菜が育っていた。

「野菜を食べてほしいなんて、アズサちゃん勇気があるわよね」

収穫して籠に入れながら、お喋りをする。

「私ならニコライド料理長に目をつけられるようなこと、できないなぁ」

「お肉だけなら栄養が偏（かたよ）っちゃうでしょ？」

「栄養？」

ブリちゃんはキョトンとする。

この国の人は、栄養という言葉には親しみがないようだ。

「そう。今度、料理長にも教えたいけれどね。なかなか聞いてもらえないだろうなぁ」

「……厳しいと思うよ」

せめて、ルーフレッド様には栄養が大事だってことをお伝えしたい。

昼食を作り終えて、自分も簡単な食事をした。少し時間があるので王宮内を散歩しよう。外の空気を吸いたいなと思ってブリちゃんを誘ったけれど、やることがあるみたいで一人で行動することにした。

外に出て歩いていると、パッカパッカと馬の蹄（ひづめ）の軽快な音が聞こえてくる。人が集まっているようだったので近づいていくと、大柄の男らが拍手を送っている。

そこは馬場であり、ルーフレッド様が馬に乗って走っていた。障害物の上を華麗にジャンプする。その度に拍手が湧き上がっていた。

ルーフレッド様は、運動神経もいいらしい。

容姿がよく、家柄もよく、運動神経もいいなんて！

パーフェクトヒューマンが実在するとは……。性格はちょっと癖があるけど！

「はっ」

掛け声に合わせて馬を操る姿は絵になる。白馬ではないけど、まさに白馬の王子様だ。

ついつい見入っていると、大柄の男性に睨みつけられた。

丈の長い上着はウエストをベルトでしばり、ピタッとしたズボンとブーツ。腰には剣が見えた。彼らは騎士の方々？　近衛兵さん？　迫力があって怖気づきそうになる。

「こ、こんにちは……。ルーフレッド様の専属料理人をしております、アズサと申します」

「噂では聞いている」

低い声で話す彼は、威圧感がすごい。きっと、命をかけて王族を守っているのだろう。

プライドが高そうで、一本筋が通ってそうな雰囲気だった。

「お前、絶対にルーフレッド様におかしな物を食べさせるなよ」

「当たり前です！」

失礼だ。私がそんな陥れるようなことをするはずがない。

ムッとなったが、ここにいる彼らは、私に対して奇異な視線を向けていることに気がついた。きっと……、変な異世界人がいて用心しているのだろう。

大事な王族になにかあってはいけないと警戒するのは当たり前だけど……切ない。

私も王族に仕えたいし、奉仕しようと思う気持ちは同じなのにさ。

自分の居場所がないように感じて、その場から立ち去った。

◆

夕食の料理を終えて、ほっと一息つき水分補給をする。厨房には美味しそうな匂いが充満していた。今日も心を込めて作った。満足してくれると嬉しいなぁ。

「ブリちゃん、帰ろうか」

「そーだね」

自分の部屋に戻ろうとした時、ダーウィンさんが入ってくる。厨房の空気がピリついた。

ルーフレッド様から、要望があったのだろうか？

「アズサさん。今日からお部屋の移動をしてもらいます」

「移動ですか？」

これまた、急だ。ブリちゃんと違う部屋になってしまうのは寂しい。夜な夜な語り合うのが密かな楽しみだったのに……。

「ブリちゃんと別々の部屋で寝るなんて寂しいです！」

「ダーウィンさん、私もアズサちゃんと離れるなんて嫌ですよ」

私たちが駄々をこねると、ダーウィンさんは眉間にしわを寄せた。隣にいるブリちゃんと目を合わせる。

「ルーフレッド様のご命令ですので、従っていただかなければ……」

「仕方がないですよね。申し訳ありません。アズサちゃん、厨房で明日からも会えるんだし、頑張って」

「……うん」

荷物を取りに行くために厨房を出た。


部屋に到着して、着替えと身の回りの物を箱に入れる。

「今まで、ありがとう」

ブリちゃんとお別れのハグをする。

「一生のお別れじゃないんだから。また明日ね」

「寂しいよぉ～～～」

別れを惜しんでいると、ダーウィンさんが咳払いをする。

残念だけど、私は部屋を出た。


今度はどんな人と一緒になるのだろうと思っていると、使用人棟から外へ出る。説明もなく歩くダーウィンさんに質問をした。

「違う棟なんですか？」

「ええ。ルーフレッド様にお夜食の説明をしやすいよう、宮殿内にご用意しました」

「宮殿内!?」

びっくりして声がひっくり返ってしまう。料理人が宮殿の中で生活するなんてありえない。一つ一つ部屋が特別な作りになっていると聞いたことがある。

私が使わせてもらえるところはないと思うけど……。あぁ、不安しかない。

「よほど、アズサさんのお料理を気に入ったのでしょうね」

「ありがたい限りです」

「あなたのことを気に入って結婚が遅くならなければいいのですが……」

私が宮殿内に住むことと、ルーフレッド様の結婚のなにが関係しているのか？

それにしても、料理人の私を宮殿内に住まわせるなんて、ルーフレッド様ったら血迷ったの？

夜中に一人で外に出るのが怖いと言ったから？　それにしても、予想外すぎて開いた口が塞がらない。でも、私のワガママを聞き入れてくれたのだと思うとありがたかった。

宮殿の門をくぐり抜けると、やっぱり立派な建物だ。玄関で寝てもいいくらいなんですけどっ。

階段を上り歩いていく。……明らかにルーフレッド様のお部屋に近づいている気がする。

緊張で喉の奥に飴玉が引っかかったような感じだった。歩みを進めていると、ダーウィンさんが立ち止まった。

「こちらになります」

「ルーフレッド様のお部屋と目と鼻の先ではありませんか！」

「そうなんです。だから、いろいろと心配なんですよ」

ため息混じりに言われて、申し訳ない気持ちになった。まさか、私がルーフレッド様を襲うかもしれないと思っているわけじゃないよね？

「私は、ルーフレッド様をお守りする側です！」

胸を張って言うと、ダーウィンさんは呆れた瞳を向けてきた。

「ちなみにわたくしの部屋はこの廊下を左に曲がったところなので、困ったことがあれば声をかけてください」

「助かります。ありがとうございます！」

ドアを開いて中に入ってみると、歓喜の声が漏れた。

「わぁ……」

まず、目に飛び込んできたのはピンクの花柄模様のカーテンだ。フリルまでついている。

天蓋付きのベッドの木枠は、真っ白に塗られていて彫刻が施されている。マットレスは深い桃色で寝心地がよさそう。薄紫色のクッションが重ねて置いてあった。

部屋の中心には猫脚の椅子とテーブル。ソファーやチェストもあり、白に金縁で統一されている。絵画や花瓶に入った花が飾られており、乙女が大好きな物が詰め込んである可愛らしくて、素敵なお部屋だった。

「ななな、なんですか、この部屋は！　プリティーすぎますって！」

「将来のフィアンセのために作られた部屋ですが、今のところご結婚の予定がないので、アズサさんに使ってもらいたいとのことでした」

結婚相手が見つかるまでの間、ここに住んでいいということね。なるほど。なんだか、申し訳ないなぁ。

「結婚の予定、ないんですか？　あんなに容姿もいいし、王子様なのに」

「慎重になっているのだと思いますよ。もう、二十六歳なので早く落ち着いてほしいですし、跡取りも……って、アズサさんにお話することではありませんね」

話しすぎてしまったというように、ダーウィンさんは肩を竦めた。

「では」

「お疲れ様です」

ダーウィンさんが出ていくと、私はソファーに腰をかけた。まるでヒストリカル系小説に出てくるような部屋みたい……。

こんなところに一時期でも住まわせてもらえることに感謝だ。

ルーフレッド様にお礼を言いたい。でも、自分からはルーフレッド様に会いに行くのはタブーだ。次、お会いする機会があればお礼を言わせてもらおう。

◆

それから二日後の夜、夜食のオーダーが入った。

厨房で急いで料理をする。今日は、ほうれん草とアサリの白ワインスープ。貝から出汁が出るので調味料はバターと塩コショウのみ。シンプルだけど、ほっこりとすると思う。それと蒸し鶏のオニオンドレッシング掛けにした。

ダーウィンさんと一緒に運ぶと、ルーフレッド様は私に部屋に入るよう命じた。

中に入ると夜着姿のルーフレッド様がいる。何度見てもラフな姿だが、色っぽい。ボディーラインがはっきりとわかる。ルーフレッド様は、私の姿を確認すると、若干目を細めた。

「お待たせいたしました」

ダイニングテーブルのセットに腰をかけているルーフレッド様へ夜食を出す。

「今日は、ほうれん草とアサリの白ワインスープです。こちらは蒸し鶏のオニオンドレッシング掛けです」

彼は説明を聞き終えると、スプーンで掬って香りを楽しむ。

「いい香りだ」

口に入れると、ルーフレッド様の頬に赤みがさした。美味しそうに食べてくれる姿を見ると胸が温かくなる。

「ダーウィンは下がっていい。ご苦労」

「おやすみなさいませ」

ダーウィンさんが出ていくと、私とルーフレッド様は二人きりになった。どうして、私には帰っていいと言ってくれないの。労働基準監督署があったら訴えられてしまいますよ！

「アズサ、座ってくれ」

「……失礼します」

ルーフレッド様の近くに腰をかけると、心なしか嬉しそうな表情をしてくれた。無愛想だった彼が少しずつ表情を動かしてくれる気がする。

「また話に付き合ってもらえるか？　多少、遅くなっても部屋も近くなったからいいだろう？」

「もちろんです。お部屋、ありがとうございます。素敵すぎてびっくりしちゃいました。

未来のフィアンセのお部屋だと聞いたので、大事に使っています」

「ダーウィンから聞いたのか？　あいつは、なんでもペラペラと話しやがって……。今のところ予定はないから、遠慮なく使ってくれて構わない」

「とは言っても……」

　結婚事情については、あまり聞かれたくないことだろうからこれ以上質問しないほうがいいよね。前に、中身を見てくれないと嘆いていたし。ルーフレッド様なりに考えがあるのだろう。

　食事を終えると、彼はおもむろに口を開いた。

「アズサの料理を食べるようになってから、体調がいい気がする」

「本当ですか？　きっと、栄養バランスのいい食事をしているからです」

「栄養バランス？」

　ついに、ルーフレッド様に栄養バランスの話ができる！　私のテンションが一気に上がった。いつか、栄養バランスについて説明したいと思っていたのだ。

「はいっ。食べ物には、それぞれ栄養がありまして、たんぱく質、脂質、炭水化物、無機質、ビタミンの五種類にわけられるんです」

　指を折り曲げながら説明をする。

「筋肉や爪などは、たんぱく質でできているんです。肉や魚や大豆（だいず）がたんぱく質です」

「では、強い体を作るためにはたんぱく質が重要だな」

「そうなんですけど、食べすぎると太っちゃうんですよ。野菜も大事なんです」

「野菜は、どんな役割があるんだ？」

「野菜によっても違うのですが、トマト、ニンジンからはビタミンAが取れます。ビタミンAの働きは、風邪の予防や視力にも影響するんです！　野菜には食物繊維も豊富なのでお腹の調子を整える作用もあるんですよ」

ついつい、熱中して話しすぎてしまったので、ルーフレッド様が引いてないか心配になり、表情を確認すると、感心したように頷いてくれていた。

「なるほど……食べ物にそんな意味があるとは知らなかった」

「これからも、ルーフレッド様が元気で健康で過ごせますように、栄養バランスを考えて、料理をさせていただきます」

「ありがとう。よろしく頼んだ」

いつも無愛想なルーフレッド様からお礼を言われて、つい顔が緩みそうになった。

でも、気を引き締める。調子に乗ってはいけないし、王子様の栄養管理をしていくなんて、責任のあること。私情を挟んでできるような仕事ではない。もう一度テキストを読み直していこう。水たまりに落ちてトリップして、文字が滲んでしまっているところもあるが、かろうじて読める状態だった。

「今の話を聞いて考えたのだが」

「はい、いかがなさいましたか?」

「提案なのだが、騎士団や近衛兵の栄養管理もしてもらえないだろうか?」

騎士団は王族の護衛の役割や、闘いを第一線で行う人々。

たしかに体を使う人々なので、栄養バランスが取れた食事が必要になってくる。体が強くなれば護りも強くなるのだ。

「彼らは体が資本だ。王族を守ったり、闘いに出たりする。なるべく彼らに怪我がないようにしたい。一人ひとりに家族がいる。怪我をしてしまうと悲しむ人がいるから」

ルーフレッド様って本当に優しい。騎士団であろうが、料理人であろうが、人をとても大切にする人だと思った。

喜んで引き受けたい。ただ、騎士っぽい方が、私を警戒する瞳で見つめていたことを思い出す。受け入れてくれたらいいのだけど……。

「どうかしたか?」

「いえ、なんでもありません」

私が瞳を揺らしたことに気がついて、気にかけてくれたのだ。不安な気持ちを口にして余計な心配はかけたくないから、いつものように振る舞う。

「お力になりたいです」

「騎士団にはもっと強くなってほしい。国王陛下からの許可が必要になるが、いい改革になるから提案しようと思う。もしも提案が通れば、栄養管理をぜひお願いしたい」

真剣な眼差しに、私はしっかりと頷いた。

少しでも国のためになるなら、力になりたい。

「私にできることであれば、なんでもおっしゃってください。精いっぱい頑張ります！」

にっこり微笑むと、ルーフレッド様は私から目をそらす。なかなか心を開いてくれないみたい。でも、私に少しでも頼ろうとしてくれて嬉しかった。

第三章　騎士団の栄養管理！

お昼休憩中、私はルーフレッド様の執務室に呼ばれたので向かっていた。昼間に呼び出されることなど今まで経験がない。唇が乾いていき、呼吸が苦しくなる。

執務室に到着すると、護衛さんが立っていた。ルーフレッド様に呼ばれたことを伝えると、入室が許されて、中へ入っていく。

「失礼します」

中に入ると、二十畳くらいの広さの部屋だった。ルーフレッド様の執務室にしては、こじんまりしている。

背もたれの高い椅子に腰をかけているルーフレッド様がいた。

机の上には紙の束があり、ペンが置かれていて、仕事部屋という感じだ。紙はちょっと分厚くて、ペンはインクをつけて書くようになっている。

執務室であるけれど、装飾品が置かれていたり、机の脚に彫刻が施されていたりと、落ち着きがある中にもゴージャスな雰囲気だ。

「アズサ、昼間に呼び出して申し訳ない」

「とんでもありません」

いつもは、夜食タイムに会うことが多いので、太陽の光の中で見ると、ブロンドヘアーがキラキラとしていて美しい。ブルーダイヤモンドの瞳も輝いて見える。本物の宝石みたい。

「騎士団の栄養管理について国王陛下に相談したところ、とてもいい案だとお喜びになっていた。早速、考えてほしい」

「かしこまりました。もしよければ、一度、みなさんの訓練風景を見学させていただけませんか？」

「いいだろう。国王陛下も栄養管理に関連することであれば、俺の指示で動いても構わないとおっしゃっていた」

王子様のお父様なのに、指示がないと動いてはいけないなんて、国王陛下って、私が想像するよりも偉い人なんだ。まだ、お目にかかったことがないけれど、怖そう……。

「詳細が決まったら、ダーウィンから連絡をさせる」

「了解しました」

「アズサ、いろいろと引き受けてくれて感謝している」

「いえ……！　失礼します」

私は、深く頭を下げて、執務室を後にした。

ルーフレッド様にお礼を言われると、エネルギーが全身に漲る。騎士団の一部の方に警戒されていて怖いけれど、頑張ろう。

数日後、厨房で仕事をしていると、ダーウィンさんが私を呼びに来た。

「これから、騎士団の練習があるから来てほしいのですが」

「わかりました」

「なんのために騎士団の練習を見に行くんだ！」

ニコライド料理長が、ムッとした表情で問いかけてきた。どうやって答えようかと悩んでいると、ダーウィンさんが代わりに答えてくれる。

「国王陛下のご命令で、騎士団や兵士らの食事改革をすることになりました」

「改革だと？」

「栄養を考えて食事をすると、筋力アップにつながるとのことで、ルーフレッド様や国王陛下からご依頼がありました」

「栄養？　なんだそれは。アズサが考えたのか？」

ですか」

「そんなのでたらめだっ！　とにかく肉が大事だと言っているだろう」

盛大なため息をつき、調理台を脚で蹴ったニコライド料理長は倉庫へ消えていく。厨房が静まり返った。

「参りましょうか」

ダーウィンさんは、呆れたような顔をしてから歩きだす。私は、急いでエプロンを外してダーウィンさんについていった。


野外にある広場に到着すると、大勢の男性が練習に励んでいた。馬に乗って弓矢で的を狙っている。颯爽と走りながら的を狙うなんて、かなり腹筋を使いそうだ。

馬が走り抜けると、砂埃が舞い視界が悪くなる。その中で、鉄の鎧を着て逆立ちしている人を発見！　ものすごい体力に目を疑ってしまった。これは予想以上に体力を使いそう。

「あの鎧、相当重そうですが、どのくらいあるのですか？」

「実際の戦闘に使うものは、二十五キロほどはあります」

「そ、そんなにですか！」

「兜も被るので、かなりの体力がないといけませんね」

「そりゃ、大変ですね」

視線を動かすと、盾と木の棒を持って戦闘の練習をする人がいた。『エイっ』『ヤー』と男性の太い声が聞こえる。練習だというのに、迫力があって胸の鼓動が速くなっていく。

走り込んで筋力アップをしようとしている人や、腕立て伏せをする人など、それぞれが真剣に体を作り上げていた。

これだけの運動量であるなら、カロリーをしっかり取らないといけない。糖質とタンパク質を上手に摂取しないと、倒れてしまうし、スタミナ不足にもなる。野菜も適度に取り入れて疲労回復もしてほしい。

騎士団の食事がどんなものなのか調査をすると、朝と晩の二回だけだった。

お肉は高級品なので、大量には食べさせてもらっていないのが現状なのだ。とにかく大量のパン。それに肉入りスープというのがスタンダードらしい。きっと、みなさんお腹がペコペコだろうなと思う。

王族付きの騎士団なので、決して質素な食事ではないが、もう少し高タンパク、高カロリー食が必要だ。筋肉がつきやすい食事のタイミングは、運動直後だとテキストに書いてあった。それも、合わせて提案したほうがいいかもしれない。

見学をしていると、睨みつけてくる騎士さんがいた。文句を言いたそうだったが、ダーウィンさんがいるので、なにも言われなかった。

「訓練を見てどんな食事内容にするといいか、大体わかってきました」

「それはよかったです」

「考えて、ダーウィンさんにお伝えしますね」

「よろしくお願いします」


仕事を終えた私は、自分の部屋で騎士団の献立を考えていた。

乙女チックの内装にはまだ慣れないが、ベッドは藁ではなく羽毛なので寝心地がいい。

ただ、一人で過ごすのは少し寂しくて、ブリちゃんとトークしていた夜が恋しい。

「……栄養だけじゃなく、美味しいっていうのも大事だよね」

私は、ルーフレッド様の専属料理人なので、騎士団の食事を作ることはできない。そのため、担当者にレシピを伝える必要がある。その前に、王子様や国王陛下に献立の許可を得なければいけない。一ヶ月分のメニューを考えて、説明できるようにしておこう。

リュックサックの中に入っていたテキストを取り出した。参考にしながら考えてみる。

「タンパク質といえばお肉。お魚や大豆もいいよね。卵も取り入れよう。あとは……倉庫にある食材を使って……」

熱中してメニューを考えていた私は、ふと我に返る。どうして、こんなに必死なのかな。

料理を通して誰かの役に立てることに喜びを感じているのだろうか。

やっぱり、料理の仕事は、自分の天職なのかもしれない。

本当は、日本でリーズナブルなフレンチレストランを作るのが夢だったが、今は今で充実している。

夜食タイムでのルーフレッド様との会話が、密かに楽しみだ。初めはただの無愛想な人かと思った。ルーフレッド様と接していくうちに、国民思いの熱い心の持ち主なのだと感じるようになった。もっと、ルーフレッド様のことが知りたい――。どうして、こんな気持ちになっているのか、わからなかった。

◆

二日後、午後から私は菜園に訪れていた。天気がよくて日焼けしちゃいそう。暑いなぁと思いながら、しゃがんで実ったトマトを見つめる。

もう少し赤くなってからのほうが、美味しいから、収穫はもう少し我慢しよう。

他の野菜の育ち具合も見ていると、大柄の男が二名やってきた。練習場で見た騎士さんだ。

気がつかれたくないと思って身を小さくしていると、彼らが私の姿を発見してしまった。

最悪……。

彼らは、意地悪な笑みを浮かべて近づいてくる。

「異世界人、ちゃんとやっているか？」

「……は、はい」

怖がっていたら、こういうタイプは調子に乗る。堂々としなきゃ。

胸を張って立ち上がり、まっすぐ彼らの瞳を見つめる。

太い眉毛に茶色の瞳、太い腕と鍛え上げ抜いた体は、威圧感がすごい。

うぅ、迫力がありすぎる！

「邪魔だ」

肩を押され倒れてしまう。

「きゃっ」

わざとだ。嫌な感じ！　腹が立って睨むと、見下ろされる。

「ルーフレッド様の専属料理人だからって調子に乗るなよ？」

「お前が偉いわけじゃねぇんだぞ」

「ルーフレッド様に毒でも盛るつもりじゃないだろうな？」

「どうせ、まずい飯（めし）しか作ってないんだろ？」

どうして、こんなに嫌味を言われなきゃいけないの。言い返したかったけれど、男二人になにをされるかわからない。私はぐっと堪えているしかなかった。

黙っている私にチッと舌打ちをして、二人はいなくなる。

攻撃をされなくてよかったと安心した。

どこの世界にも意地悪をする人はいるけど、なにもしていないのに因縁をつけられるなんて切ない。異世界人で怪しいと思う気持ちはわかるが、同じ人間なのだから、仲よくしてくれてもいいのに……。

ゆっくりと立ち上がると、スカートについた土を手で払って、厨房に戻ることにした。


その夜、出来上がった献立を眺めていた。料理の作り方をわかりやすくするため、どんな料理なのかイメージをしやすいように、イラストも描いた。

ルーフレッド様に、メニューを考えたと伝えに行きたい。ダーウィンさんを通せばいいかもしれないけど、わざわざ時間を作ってもらうのは申し訳ない。けれど、仕事だから言いに行って、約束を取りつけてもらおう。

そんなことをぼんやりと考えていると、コンコンとノックの音がした。

ダーウィンさんかな？　ルーフレッド様が呼んでくれたのかもしれない。よかったと思いながら、ドアを開くと、そこにいたのはルーフレッド様だった。王子様オーラがハンパなくてドキッとしてしまう。

「ルーフレッド様っ、こ、こんばんは！」

「今。少しいいか？」

「は、はい……どうぞ」

王子様が自ら私の部屋に来るとは想像していなかったから、息が止まるかと思った。中に入ってくると、ルーフレッド様はソファーに腰をかけて、長い脚を組む。

「なにか飲み物を持ってきてもらいましょうか？」

「いや。俺はいい。アズサが飲みたければ頼め」

「私は、大丈夫です」

ソファーに座るルーフレッド様を目の前にして、どぎまぎしてしまう。こういう場合、私はどこにいるのが正解なのか。なにか話があって、ここに来たんだろうから、ルーフレッド様が視線を送りやすい場所にいるべきだ。

猫脚の椅子を持ってきて目の前に座り、背筋を伸ばす。まるで面接をするみたいで笑える。

「今日は、わざわざ足を運んでくださりまして……、あ、ありがとうございます！　どうなさいましたか？」

「そんなに硬くなることはない。自然体でいてほしい」

「は……はいぃぃ」

そうは言われても緊張してしまう。ルーフレッド様が私のプライベートな空間にいるだけで、今にも破裂するように心臓が動き出すんだからぁ！

「肩の力を抜いてくれ」

「は、はい……」

深呼吸をすると、ルーフレッド様は自分の口元を手で抑えて笑った。なんだか楽しそうだ。

「俺に言いたいことを散々言ったくせに、緊張するのはおかしいだろ」

もしかして……。

――ルーフレッド様も心を開かないと、とか、――自分のことを棚に上げて、とか言ったことを気にしているのだろうか？

「小娘に心を開けと言われるとは、予想していなかった」

「その節は……、し、失礼なことを言ってしまい、申し訳ありませんでした」

頭を深く下げるが、笑い声が聞こえてくる。

ゆっくり頭を上げると、ルーフレッド様はまったく怒っていないようだった。

「騎士団の栄養管理について、どうなったかと思ってここに来た」

「ありがとうございます。私もお話させていただきたかったんです！」

テーブルの上に置いてある一ヶ月分の献立表を持ち上げる。

「隣に座ってもよろしいですか？」

「構わん」

説明するためとはいえ、遠慮がちにルーフレッド様の隣に腰をかけた。

すぐ近くにルーフレッド様がいるだけで、全身が熱くなってくる。

王子様だからというだけじゃなくて、過剰に意識してしまうのだ。恋愛経験がゼロだから？

「こちら、作ってみました」

ルーフレッド様に差し出すと、食い入るように見てくれる。

「調理師の中には字が読めない人間もいる。絵で説明してくれると助かるだろう」

「よかったです。騎士団のみなさんの訓練を見ていると、かなりの運動量があります。お肉を中心に食べてもらうのがいいかと……。それと、食事のタイミングは、運動後が適切です」

「なるほど。彼らが強くなるための改革だな」

「はい！」

顔を上げると、至近距離でルーフレッド様と目が合ってしまい、息が止まりそうになった。

「アズサ……気になっていることがあるのだが」

「な、ななななんでしょう？」

ルーフレッド様の手が伸びてくる。ままま、まさか、チューしちゃうの？

甘い空気が漂っていて、ドキドキしすぎて耳が熱い。頭がおかしくなってしまいそうだ。

こういう時は、どんな感じで振る舞うべき!?

目をギュッと瞑る。

キス、キス、キス……！　頭の中が真っ白になった。

でも……、ファーストキスがルーフレッド様なら嫌じゃないかも。

むしろ、異世界での最高の思い出になると思う。って、私ったら、破廉恥(はれんち)なことを考えちゃっている！　心臓が飛び出そうになり、呼吸が苦しい。

ルーフレッド様の伸びてきた手が、私の頬をつまんだ。

「パンのくずがついている」

「へっ？」

瞳を大きく開くと、ルーフレッド様はつまんだパンのくずを見せてくれた。

は、恥ずかしくて死んじゃいそう。穴があれば入りたい！

乙女なのに、ほっぺたにパンくずとは……とほほ。

「急いで食事をしたのか？」

「お腹がすっごく空いていたんです……。お見苦しいところを申し訳ありませんでした」

キスをされるかもしれないと、期待していた自分が情けない。

こっちの世界に来てから、ヒストリカル系小説を読んでないせいで、欲求不満なのか。

「顔が真っ赤だが、まぁ気にするな」

「は、はい……」

「よく考えてくれた。これで国王陛下に提案してみる。借りてもいいか？」

「もちろんです」

「国王陛下の許可を得たら、騎士団に会食会を開いてやりたい。普段、頑張ってくれているし、アズサの料理を食べさせたいと考えている。その際は、協力してくれるか？」

「喜んで」

私は笑みを浮かべて頷いたけれど、騎士団の方にあまり好かれていないので、不安だった。

「では以上だ。突然悪かったな」

ルーフレッド様は、長居することなく用件を話すと部屋を出た。

◆

今日の夜は、騎士のみなさんの会食会が大広間で行われる。

ランチを作り終えると、厨房は料理人総出で準備に取り掛かった。昨日から下準備をしていて、いよいよ今日が来たという感じ。

会食会ということで、華やかな料理がいいと思いながらメニューを考えていた。みなさんで楽しく食べられるようなパーティーメニューにしようと決めて、レシピを描き続けた。それを元に、厨房のメンバーが一緒に作ってくれている。

まずは前菜。大根と人参をピクルスにしておいたので、ミニトマト・大根・人参を銀のつまようじに挿して並べていく。周りに緑を添えると見た目が鮮やかっ。

じゃがいもと鶏肉のサラダは、薄くスライスしたズッキーニで巻いてみた。色をたくさん使うと見た目も美しい。

黄色の料理は、キッシュにした。まずは、ウィンナーと玉ねぎ、マッシュルームのようなきのこを炒める。パイ生地を練って作って、土でできた耐熱皿に入れる。卵を溶いて生クリームと混ぜて、炒めた野菜と合わせて、パイ生地に注いで焼く。この窯で焼くと、本当に美味しい。

その他には、鴨肉の赤ワイン煮込みを作りつつ、ローストビーフを薄く切って花びらのように盛りつけていく。お肉料理を増やすため、チーズインハンバーグもメニューに加えた。

魚料理は、貝と一緒に煮たアクアパッツァ。味見をすると出汁が出ていて最高だ。

炭水化物は、お米をチョイスした。ジャンバラヤ！

パーティーの中盤に、ちょっぴり辛さを入れると、飽きない。デザートは、フルーツカクテル。蜂蜜（はちみつ）をたっぷり混ぜて、パイナップルを器に見立てて盛りつけた。

「できたー！」

「お疲れ様！　すっごく美味しそう！　それにとっても豪華」

「喜んでくれるといいんだけど……」

手伝ってくれたブリちゃんと抱き合う。

もうすぐ会食会が始まるため、出来上がった料理は、給仕係によって運ばれていく。騎士団のお口に合うといいのだけど……。

あぁ、緊張してきた。とにかく、満足してくれたらいいなと思っていた。

料理を作り終えて休憩室で一息ついていると、ダーウィンさんがやってくる。

どうでもいい世間話をしていた私とブリちゃんは、立ち上がって背筋を正す。

「アズサさん、国王陛下が呼んでおられます」

「えっ。わ、私なんて挨拶できるような身分じゃありません！」

恐れ多すぎるっ！　首を横にブンブンと振って拒否をすると、ダーウィンさんは、困ったように眉を下げた。

「そうは言われましても、国王陛下が会いたいとおっしゃっているので来てください」

「む……む、無理ですって！」

怖気づいていると、ニコライド料理長がやってくる。そして、背中をバシッと叩かれた。

「痛いです！　料理長！」

「失礼のないようにしろよ！　お前のせいで評価が落ちたら困るからな」

嫌味たっぷりに言われるが、どこか激励のようにも聞こえた。

「では、参りましょうか」

「……は、はい」

ダーウィンさんに促された私は、歩き出す。

国王陛下と会って話すなんて、正気でいられるだろうか？

厨房を出る時に振り返ると、ブリちゃんが遠くからガッツポーズを送ってくれていた。


大広間の天井には、シャンデリアが輝いている。磨くのが大変そう。

広い空間には、テーブルがいくつも用意されており、私が作った料理が並んでいた。

騎士さんや近衛兵さんらが思い思いに、料理を楽しんでいる。

「こんなに美味しい食事を食べたことがない」

「感動だなっ」

「……たまらん！」

大柄の男性らの食いつきっぷりは迫力があり、ちょっと驚いてしまう。私が入ってきたことで睨みつけている人もいた。やっぱり、快く思っていない騎士さんもいるようだ。

ダーウィンさんが、私の耳でそっとつぶやく。

「あちらの高台にいるのが国王陛下です」

視線を動かして確認をすると、まだ離れていてよく見えないけれど、少し高いところに、立派な椅子に座っている中年男性が見えた。その隣にいるのは、ルーフレッド様だ。

ゆっくりと近づいていきながら、ダーウィンさんに話しかける。

「王妃はいらっしゃらないのですか？」

「まだ聞いていませんでしたか。ルーフレッド様が幼い頃に亡くなっているんです」

そんな辛い過去があったなんて、まったく知らなかった。

偶然にも私も両親を亡くしているので、他人事には思えない。親を亡くす悲しみは、経験した人にしかわからないから。

国王陛下にだんだんと近づいていくと、会場内は静まり返り、注目を浴びる。

ルーフレッド様と同じブロンドへアーとブルーダイヤモンドの瞳。皺が深くて、笑うと優しい印象になり、包容力がありそうな国王陛下だった。

挨拶の作法とかわからないけれど、どうしよう。瞳を揺らしていると、ルーフレッド様が私にしかわからないようなアイコンタクトをしてくれた。

　ダーウィンさんが片膝をついて立つ。

　私も同じような格好をすると、会場が爆笑に包まれる。

「アズサさん、女性は膝をつかないのですよ」

　ダーウィンさんが小声で教えてくれた。

「そ、そうなんですね……！」

　私はどうしたらいいのかわからなくて、立ち上がり頭を下げた。

　国王陛下の前に来るのだったら、作法を聞けばよかったと後悔する。

「国王陛下、料理人のアズサさんを連れてまいりました」

「ご苦労。お前がアズサか。いろいろと考えてくれたようだな。感謝しておる」

　国王陛下は、低くて威厳のある声でゆっくりとした口調で話しかけてくれた。おそるおそる顔を上げると、目が合う。物凄い威厳がある雰囲気に怖気づいてしまった。

「初めまして。アズサと申します」

「どの料理も斬新で美味(びみ)だった。褒美をやろう」

　国王陛下が目配せをすると、側近がトレーを持ってきた。

　布が被せられており剥がされると、直径五センチはありそうな宝石が姿を現す。見たことがない輝きに言葉がすぐに出てこなかった。

「気に入らぬか？」

「ご褒美なんて……、私、料理をさせてもらえるだけで本当にありがたいのです。料理が大好きなので、それだけで毎日幸せでございますっ！　こ、こんな立派な物、いただけません」

あははと国王陛下の豪快な笑い声が聞こえ、変なことを言ってしまったかと不安になる。

「持って行くように。命令だ。これからも、騎士らの栄養管理を頼む」

命令と言われたら、言うことを聞かなければいけない。

「あ、ありがとうございます」

もう一度、深く頭を上げた。顔を上げると、国王陛下の側近が近づいてくる。宝石を布に包んで、手のひらに乗せてくれた。重みがあって落としてしまわないかと気持ちが張り詰める。ご褒美をもらうためにやったんじゃないんだけども、国王陛下が喜んでくれたのだから、素直に感謝しよう。

国王陛下が合図すると、側近が声を張り上げる。

「注目してくれ」

一斉に食事をする手を止めた騎士さんや近衛兵さんが立ち上がり、国王陛下のほうに向く。一糸乱れぬ動きに圧倒された。

「アズサが、諸君の体をより強くするための食事を考えてくれた。食物には栄養というものがありバランスよく食べると体が強靭になる。出されたものは残さず、しっかりと食すように。彼女に感謝をして、アズサを護ることを誓ってくれ」

まさかの国王陛下の発言に私は目を見開く。会食会の中には、私に厳しく当たった騎士もいた。騎士らは、一斉に頭を下げた。

「あ……あの……っ」

私は恐縮してしまい困ってしまった。

食事会が再開されると、私は厨房に戻ることになった。ルーフレッド様と目が合うと、静かに頷いてくれる。まるで、ありがとうと言ってくれているような気がした。

ルーフレッド様は……もしかして、私が騎士団に警戒されていることを知っていて、メニューを考えるように提案してくれたのかもしれない。

歩き出すと、数名の騎士が近づいてきたので、なにか言われるのかも知れないと身構える。

「美味しい食事を本当にありがとうございました」

「い、いえ。喜んでくださり光栄です」

「体のことまで考えていただき光栄です」

「喜んでいただき、感謝しています」

会話をしていると、菜園で私を突き飛ばした男性らがやってきたので怯えると、彼は真剣な眼差しを向けてくる。

「お話、よろしいですか？」

まさかの敬語に私は目を大きく開いた。

「……は、はい」

「異世界人だからとの理由で差別して申し訳なかったです」

「えっ。き、気にしていませんよ！」

「これからもよろしくお願いします」

頭を下げてくれたので、恐縮してしまう。

「頭を上げてください」

彼らは本当に反省しているように見えた。料理を通して、わかりあえたのだ。料理の力を感じると共に、こういう機会を与えてくださった国王陛下とルーフレッド様に感謝で胸がいっぱいになる。

「行きましょう」

ダーウィンさんに声をかけられて、私は歩き出した。

◆

会食会が終わってから数日後の夜、ルーフレッド様から夜食のオーダーが入った。今日は蒸し暑い夜だから、さっぱりした物にしよう。ほうれん草とトマトの冷製パスタと、蒸し鶏のサラダを作り、レモンドレッシングをかけてみる。

「完成」

「運びましょう」

ダーウィンさんが料理をワゴンに乗せる。

「ちょっと待ってください」

ルーフレッド様に会うのだから、髪の毛を整えておきたい。手でさっと直して、折り畳みの鏡をポケットから出して身だしなみをチェックする。ルーフレッド様に会えると思ったら心が弾んでしまう。

ダーウィンさんにギロッと睨まれた私は、誤魔化すように微笑みかけた。

料理を運んで部屋の中に入ると、ルーフレッド様が夜着姿で待っていた。やはり、今夜もダーウィンさんを先に返してしまう。

二人きりになると、胸の辺りがドクンッと跳ねた。ときめいている場合じゃないのに。

「お待たせしました。今夜は蒸し暑いので、ほうれん草とトマトの冷製パスタと、蒸し鶏のサラダにしてみました」

「彩りが綺麗だ。いただく」

フォークとナイフを器用に使ってまとめ、口に運ぶ。舌で食材の味を堪能すると、満足げな瞳を向けてくれた。椅子に座るように言われて隣に腰をかける。

「アズサ、騎士らへの会食会は大成功だった。国王陛下も喜んでおられた」

「お役に立ててよかったです」

笑みを浮かべると、ルーフレッド様も微笑み返してくれる。ずっと無表情だったのに、笑みを浮かべてくれるようになった。

「王太后にも、アズサの料理を食べていただきたい」

「おばあさまですか？」

「そうだ。正式に血がつながっている祖母だ。国王陛下の母親に当たるのだが、病んでおられて、あまり長くないかもしれない。少しでも栄養をつけることができればと思うのだが、いろいろと頼みすぎてアズサが疲れてしまわないか心配でもある」

いつもクールな口調のルーフレッド様だけど、人のことを考えられる優しい人柄に私は親しみを感じる。たしかに、限られた時間の中での仕事で大変だが、おばあさまが元気になってくれるかもしれないなら、力になりたい。

「ルーフレッド様は、おばあさまのことも大事にしているのですね」

「……当たり前だ」

少し恥ずかしそうに耳を赤くした。

「お受けしたいと思います」

「そうか、感謝する。だが、彼女は自他共に厳しいお方だ。料理を認めてくれるといいのだが……」

ルーフレッド様が苦笑いをする。そんな表情を見たことがなかったので、ドキッとして、思わず見入ってしまう。ルーフレッド様も私を射抜くように見つめてくる。

「アズサの料理に出会えてよかったと思っている」

「ありがとうございます。私もルーフレッド様が喜んでくださるので嬉しいです」

二人の間に甘い空気が流れている気がした。緊張するけれど、心地がいい……不思議な感覚。……あぁ、胸がきゅるるるるんってなる。

「アズサが生まれた国が、どういうところなのか知りたい。もしよければ聞かせてもらえないか?」

「そうですね。日本人は、シャイなところもありますが、根は優しい人が多いです。いろんな観光地があって面白いんです」

「観光？」

ルーフレッド様が不思議そうに見つめてくるので、コクリと頷いた。

この国では旅行とか観光とかないのかもしれない。

「その土地でしか見ることができない景色を見に行ったり、そこでしか食べられない物を食べに行ったりするんです！」

「人が移動するから、その土地の経済も潤(うるお)うということか。面白い」

感心したように腕を組んで頷いてくれる。

「そうです！」

「我が国にも観光を取り入れてみようか。アズサには教えてもらうことが多い。感謝だな」

私とルーフレッド様の話は、かなり遅い時間まで盛り上がった。

◆

次の日の午後。

ルーフレッド様は早速、王太后に話をしたようで軽食を食べたいとオーダーが入った。

「なんでもかんでも首を突っ込むなよ」

ニコライド料理長が睨みつけてくる。

「いいじゃないですか。みーんなで助け合っていきましょうよ」

ブリちゃんがさり気なくかばってくれるから、とっても助かる。首を突っ込んでいるつもりはないけれど、お願いをされると断れないし、役に立ちたい。

料理長が怒っているけれど、王太后がお待ちだ。私は早速メニューを考える。

体調が悪いということだから、消化にいい料理を食べていただきたい。

野菜を細かく刻んで柔らかく煮て、トマト味のリゾットにしよう。

「これから四十分ほどで、出来上がると思います」

ダーウィンさんに伝える。

「わかりました。ではその頃またうかがいます」

頭を下げると、ダーウィンさんが出ていく。

王太后は、今はほとんどベッドの上で過ごしているらしい。少しでも、食べたいという気持ちが復活してくれればいいなぁ。

コトコトと煮込んでいると、トマトと野菜のいい香りがしてきた。

完成すると、ニコライド料理長に味見をしてもらう。

「仕方がないな……、俺がいないとなにもできないくせに」とか言いながら頼られたことが嬉しそう。

スプーンで口の中に入れると、まるでワインのテイスティングをするように舌を動かす。

ニコライド料理長の舌はセンサーかと思うほど、味に鋭い。なにをどのくらい入れたかわかるらしい。

「合格だ」

「ありがとうございます」

タイミングよくダーウィンさんがやってきたので、料理ができたことを伝える。

「こちらを給仕係に運んでいただきますね」

「いや。ルーフレッド様が、一緒に王太后のところへ行って、料理の説明をしてほしいとおっしゃっています」

「えっ」

そんな大役を任せてくれるなんて、ありがたいけれどものすごいプレッシャーだ。王太后ってかなり厳しい性格だと言っていたような……。でも、断るわけにいかないので、了承をする。料理が冷えないように布で容器を包んでから出発をした。

王太后の部屋までダーウィンさんが案内してくれた。

部屋に到着すると背中に汗が流れる。いよいよ王太后とご対面だ。失礼のないようにしないと……。

中に入る許可を得たダーウィンさんが戻ってくると、私は足を踏み入れた。内側から心臓が突き上げてくるような感覚だ。

　大きな窓がある明るい空間。ベージュの家具で揃えられているリビングルームで、ルーフレッド様が待っていた。彼の姿を見ると少しほっとする。

「急に悪かったな」

「いえ、お待たせして申し訳ありません」

「王太后は寝室でお待ちだ」

「かしこまりました」

　左に進んでいくと扉があり、そこまで歩くとルーフレッド様が立ち止まった。

「ここが王太后の寝室だ」

「は、はい」

　一気に緊張感が高まってきて唇が乾いてしまう。ドア越しにルーフレッド様が王太后に声をかけた。

「王太后、入ってもよろしいですか？」

「どうぞ」

　弱々しい声が聞こえてきた。

「失礼します」

　ドキドキしながらルーフレッド様の後ろについていく。大きなベッドが目に入り、その上に枕を背当てにして座っている老女がいた。シルバー色の髪の毛と、皺(しわ)だらけの顔。瞳は茶系の色をしている。かなり痩せ細ってしまい顎が尖っていたが品がいいのが伝わってきた。

王太后に鋭い視線を向けられて、背筋が凍る。

「名乗りなさい」

「はい。ルーフレッド様の専属料理人をさせていただいております、アズサと申します。本日は、お料理を作らせていただきました」

厳しい雰囲気にさらに心臓の鼓動が速くなる。ルーフレッド様も隣で緊張している雰囲気がなんとなく伝わってきた。

「いただきましょう」

「失礼します」

ベッドの近くに使用人がワゴンを持ってきてくれた。その上に容器を置いて、中から取り出し盛りつける。

「盛りつけてからお持ちしたら冷えてしまうので、お見苦しいところを見せてしまい申し訳ありません」

「気遣いをありがとう」

少し声音が柔らかくなった。

毒味役が毒味をし、問題ないのを確認されると、盛りつけたお皿を使用人が王太后に手渡した。布団の中から細い手が出てきて、よく匂いを嗅いでからスプーンで掬って、口の中に入れる。ゆっくりと咀嚼をすると、眉間を寄せる。もしかして口に合わない？

不安になりつつ見つめていると、王太后の頬が少しずつピンク色になっていく。一口飲み込むともう一口、次から次へと口に運んだ。気がつけば、あっという間に半分くらい食べてくれていた。

食欲がなかった人とは思えないほどの食べっぷりで、ほっとする。

美味しいとは言ってくれないけれど、きっと満足してくれているのだろう。

「お味はどうでしょうか？」

ルーフレッド様が質問すると、彼女は少しだけ微笑んだ。

「よろしい」

これは美味しいと言ってくれている！　心から嬉しくて思わず笑みがあふれそうになった。

「それはよかったです」

「野菜も小さく刻んでくれているので飲み込みやすいわね。味もそんなに濃くなくてお腹に優しい感じがします。弱っている人の体をよく考えてくれている料理だと思うわ」

あまり表情を変えないで淡々と話すので怖かったけれど、初めの頃のルーフレッド様を思い出した。話しかけても表情を変えず、クールな口調で話していたので感情が読み取れなくて、彼に対する印象が悪かった。

なるほど。彼のこの性格はおばあさま譲りなんだ。そう思うと愛おしさがこみ上げてくる。おばあさまもルーフレッド様と同じできっと優しくて思いやりのある方なのかもしれない。

「久しぶりに満足しました。わざわざ作ってくれてありがとう」

「いえ、こちらこそ召し上がってくださり嬉しかったです」

私が満面の笑みを浮かべると、王太后はつられたように少し笑った。笑うと可愛らしい。若い頃は相当美人だっただろう。

「アズサさんは、異世界人という噂を聞いたのですが……。どうやってこの国に紛れ込んだのですか？」

やはり、王太后にも知られているらしい。隠すことなく、私は伝える。

「信じていただけないかもしれませんが、大雨の日に水たまりに落ちて溺れました。目が覚めるとこの国にいたのです」

「……そんなことがあるなんてねぇ」

そんなに疑いの目をしないでください。

私だって、どうやってトリップしたのかわからないんです……！

「でも……、この国にトリップしてよかったです。国民のみなさんもすごく優しいですし、王族のみなさんも異世界人だからと差別しません」

一部の騎士さんにはちょっぴり嫌がらせされたけど、あれはなかったことにしよう。大体の人は、本当に親切だから。

「ツキキレット王国には、美味しい作物がよく育ちます。まだ行ったことがないところがたくさんあるので、いつか行ってみたいです」

これは本心だった。もしトリップしてきたところが、異世界人を受け入れてくれない国だったら、命はなかったかもしれない。いつか私は、自分の世界に戻る可能性があるけれど、この国が愛おしくなってきているのは事実だった。

一生ここで暮らしてもいいとさえ思っている。だから、朝、目が覚めると今日もまだこの国にいられたと安心するのだ。

「でも、元の世界にあなたを待っているご両親がいるのではないのですか？」

「両親は幼い頃に亡くなりました」

部屋の空気が重くなった。ルーフレッド様にも話していなかったので、隣で驚いているようだ。

「悲しいことを口にさせて申し訳ないわ」

「いえ、気になさらないでください」

にっこりと笑うと、王太后は安心した表情を向けてくれる。

王太后は思いついたように話をしはじめる。

「南のほうにあるサンテマルク農園に行くといいわ。あそこの野菜は太陽をたくさん浴びているから甘くて美味しいのですよ。野菜は王族は雑草と言うけれど、私は好きなの」

「そうなんですね！　ぜひ、行ってみたいです」

興味津々で身を乗り出して聞くと、王太后が楽しそうに笑う。

「ルーフレッド、彼女にお休みを与えて行かせてあげなさい」

「そうですね」

「こんなに美味しい料理を毎日食べられて羨ましいわね」

「おかげさまで……。王太后、申し訳ありませんが専属料理人として自分のそばにいてほしいので、そこはご理解いただきたい」

王太后は、うふふふと楽しそうに笑う。

「安心しなさい。ルーフレッドからアズサさんを奪うことはしませんよ。たまには貸してちょうだいね」

「かしこまりました」

「アズサさんが元の世界に戻ってしまわぬよう祈りなさい」

「そうですね」

ルーフレッド様が、咳払いをして顔を赤くした。元の世界に戻ってほしくないと思ってくれているのかな。

「ありがとう。お腹が膨れたので眠ります。アズサさん、またお話できる日を楽しみにしております」

王太后が手を差し出してくれたので、私はベッドのそばに行って握手をする。小さい手だったけれど、意志の強さが伝わってきた。私にないものを持っていると感じて、胸が熱くなる。

「こちらこそ、ありがとうございます！」

手を離すと、一礼をした。

ルーフレッド様に王太后が視線を動かした。

「ルーフレッド。あなたが結婚したいと思う女性が見つかったら、煩わしいことは考えずに直感を信じなさい。国王陛下が反対したら、私からも説得してあげます」

王太后はルーフレッド様に結婚をしてほしいと願っているようだ。ルーフレッド様が結婚しないことを心配しているのだろう。

私も、ルーフレッド様に幸せになってもらいたい。家族を作って穏やかに暮らしているのを見守りたい。そう思ったのに、他の女性といるところを想像すると、寂しさがこみ上げてきた。

ルーフレッド様をちらっと見ると、王太后の言葉を噛み締めているようだ。

「わかりました。お身体お大事に……」

私と、ルーフレッド様は王太后の寝室から出た。


リビングルームでルーフレッド様が私を見つめる。とけてしまいそうな熱い視線を向けてくるので、心臓がおかしな動きをする。

「王太后が喜んでくれたのは、アズサのおかげだ」

「いえ……。少しでもお役に立てて嬉しかったです」

リビングルームには太陽の光が差し込んでいて、ルーフレッド様のブロンドヘアーを照らして輝いている。思わず見惚れてしまう。何度見ても麗しい。リアル王子様とこうして会話することができるなんて、感謝しなきゃ。トクトクトクと心臓が心地よい鼓動を打つ。いつまでも、見つめ合っていたいなぁ。でも、仕事がある。

「……い、行きましょうか」

「あぁ」

名残惜しかったけれど、部屋から出た。

廊下で待機していたダーウィンさんが、私とルーフレッド様の後ろからついてくる。

しばらく歩いたところで、ルーフレッド様がおもむろに口を開いた。

「人に心を開かない王太后が、あそこまで話をするとは、珍しかった」

つぶやいたルーフレッド様の言葉に私は感動する。厳しいと聞いていたから、怖いのかもしれないと身構えていた。でも、そんなことはなく、優しくて素敵な女性だった。

「もっといろんな話をしたいと思いました」

「アズサは、人の心をつかむのが得意だ」

「……そんなことないですよ。元の世界にいた頃は友達を作るのが苦手だったんですよ。なかなか、人間関係って難しいですよね！」

「いろいろな考え方の人間がいるから、面白い。だが、人間関係は難しいな」

「ルーフレッド様は、人への思いやりの心が素晴らしいです。私も見習いたいです」

「アズサに褒められるとは……。俺も落ちぶれたものだ」

「そんなことありませんよ！」

顔を近づけてきて頭を撫でられた。胸がキュンキュンしまくって呼吸困難になりそうになる。真剣な瞳を向けて反論する。

「本心です！」

ルーフレッド様は、目を丸くするとクスクスと笑った。

あぁ、やっぱり、ルーフレッド様には笑顔が似合います……！

「ありがとう」

――ゴホンっ。

私とルーフレッド様の会話を遮るように、ダーウィンさんが咳(せき)をした。

王子様相手にこんなに親しく話すのは失礼と言いたいのかも。

「ここまで来たら厨房まで戻れそうなので、お先に失礼します」

頭を下げると私はルーフレッド様から離れた。

第四章　国交を結びましょう！

ルーフレッド様から散歩に誘われた午後――。

私と彼は、庭園をゆっくりと散歩していた。青空が広がっている初夏は、幼い頃に両親と旅行した札幌（さっぽろ）の気候に似ている。

カラッと晴れていて、風が吹くと気持ちがいい。

庭園は花々が綺麗に手入れされていて、甘い香りが漂っていた。

歩みを進めると、オレンジやピンク、紫に白の百日草（ひゃくにちそう）が咲いていて鮮やかだ。

「華やかですね」

「あぁ。花は見ていると和（なご）む」

どうして散歩に誘ってくれたのかはわからないが、きっと話があるのだろう。

庭園の中心部には大きな木があり日陰になっている。

そこにはベンチが置かれていて、座るように言われた。

並んで腰を掛けると、肩がぶつかりそうなほど近い。すぐに使用人がりんご水を運んでくる。使用人が下がると、ルーフレッド様が体ごとこちらに向いた。ドキッとして、ちょっとだけ距離を空ける。

イケメンすぎて耐えられない！　何度も顔を合わせているけれど、慣れない。

そんな素敵な瞳で見つめてこないで。とろけちゃいそう。

「アズサには、お願いばかりしていて申し訳ないのだが、また頼みたいことができた」

「なんなりと申しつけてください。執務室に呼んでいただければ、うかがいましたのに……。わざわざ足を運んでくださりありがとうございます」

一つ頷くと風が吹いて、ルーフレッド様のサラサラヘアーが揺れる。

揺れる物に男子は弱いと聞いたことがある。ピアスとかスカートがひらひらすると、ときめくのだとか。それって、男女共通なのかも。

静止画のルーフレッド様ももちろん素敵だが、サラサラヘアーが若干乱れると、官能的というか……。ムラムラする！　……って、表現がおかしい？

「アズサと無性に散歩がしたくなった」

「私と……ですか？」

「そうだ」

ルーフレッド様の話し相手として、楽しんでもらえているのかな。それなら、嬉しいなあ。

「国王陛下も、えらくアズサの料理を気に入ったようだ」

「料理人冥利（みょうり）に尽きます！」

にっこりと笑みを浮かべると、ルーフレッド様も柔らかい表情になる。

「国王陛下から、ある提案をされたのだが」

「なんでしょう？」

「まだ国交を結んでいない国と交流をしようと考えている。我が国に招待をして、接待をしたい。アズサにはそこで料理の腕を振るってほしい」

それって、とっても重要な役割なのでは？

「センシャン王国といって芸術家や建築家に優秀な人物が多いらしい。我が国にもセンシャン王国の技術を伝授してもらおうと考えている。その代わり、我が国の広大な土地から取れるぶどう酒を輸出したい」

まさに外交だ。

日本にいた時に、テレビのニュースで何気なく見ていたシーンを思い出す。

総理大臣が外国の首相をおもてなししている感じに似ている。

そんな重大なことに私の料理を採用してもいいのだろうか。

「どうかしたか？」

不安でついついうつむいてしまった私の顔を覗き込んでくる。そのままキスされそうなほど至近距離だったので、固まってしまい目がそらせなくなった。

「不思議そうな目で俺を見ているが、なにか面白いものがついているか？」

「えっ……、いや……いえ……！」

恥ずかしくなって顔が熱くなってくる。

ルーフレッド様から視線を引き剥がし、違うところを見つめる。

まるで頭の中がお花畑にでもなっているかのようだ。大事な話をしていたのに、私ったら……本当に嫌になってしまう。

「いつもなら笑顔で『はい、わかりました』と答えてくれるのに、気が進まないか？」

「国王陛下からそのような提案があったということは、本当にありがたいのですが……。責任が大きくて不安です」

素直に思ったことを伝えると、真剣な眼差しを向けてくる。

「確かにそうかもしれない。だが、アズサの料理に感動している人がたくさんいることは事実だ。大事な取引相手になるかもしれない国のお客様をもてなしたいと思っている。どうか力を貸してもらえないだろうか？」

怖くてたまらないけれど、自分の料理をこんなにも信頼してくれている人の力になりたい。

初めからできないと言って諦めるより、どうすれば成功するかを考えるほうがいいに決まっている。努力をしないで断るのはよくないように感じた。

　私の心が決まり、ルーフレッド様を見つめる。

「わ、わかりました。頑張ってみます」

「アズサなら期待に答えてくれると思っていた」

　二人の間に沈黙が流れる――。

　心臓が壊れてしまいそうなほど暴れているなんて言えない。

「そろそろ時間だ。早速、どんな料理を出すか考えておいてくれ」

「かしこまりました」

「頼んだ」

　立ち上がったルーフレッド様に見下ろされる。

　私も続いて立ち上がろうとした時、頭を撫でられた。そこでフリーズしてしまう。どうして、ドキドキさせることをするのよっ！　戸惑ってしまうじゃない。

　ルーフレッド様は颯爽といなくなった。私はしばらくその場から動けなかった。

◆

「こちら、来月分の騎士団のみなさんの食事のメニューになります。ご確認よろしくお願いします」

「ありがとうございます」

私は、騎士団の調理担当にメニューを渡した。筋力アップができそうな栄養を考え、どんな料理がいいのかをまとめている。

これが、毎月となると大変かもしれないが、なるべく違うメニューを食べてもらいたいと思っていた。食事の時間というのは特別な時間だ。当たり前に摂るのではなく、美味しいと思いながら食べると体にもいい効果が現れる気がする。

休憩時間になり気分転換に散歩することにした。

騎士団のみなさんが練習しているところが見える。食事改善をして少しは体が変わっただろうか？　そんなこと思いながら近づいていくと、練習をしていた騎士団のみなさんが私の存在に気がついて動きを止めた。まだ私のことをよく思ってない人もいるかもしれない。その場から静かに去ろうとした時——。

「アズサさん！」

野太い声で私の名前を呼んだ。

振り返ると騎士団長が立っている。

練習の邪魔になってしまったかもしれないと思い、私は眉毛を下げて申し訳ないと思いながら近づいた。

「練習を邪魔してしまって申し訳ありません……」

「いえ、顔を出していただいて本当にありがとうございます」

騎士団のみなさんが私のほうに近づいてくる。体格のいい男性達に囲まれるとものすごい迫力だ。

「食事をいろいろと考えてくださりありがとうございます。体がなんとなく軽くなったんです。それに、疲れが取れやすい。これは間違いなく食事の効果だと思います」

「えっ」

『ありがとうございます』

騎士団のみなさんが一斉に頭を下げてくれた。

「栄養バランスがこんなに大事だと思いませんでした。とにかく肉を食べればいいとばかり思っていたのですが……。本当に、アズサさんって素晴らしいお方ですね」

「いえ……」

こんなに褒めてくれると思わなかったので、恥ずかしくて頬が熱くなるのを感じた。胸がジーンとして思わず瞳が潤んでしまう。

「しかも、いつも違う内容で考えるだけでも大変なのではありませんか?」

「食事の時間を楽しんでいただきたくて……」

「やはりそうでしたか。いつも、今日はなにが出てくるのかと楽しみなんです」

白い歯を見せて笑ってくれると、我慢しきれずに涙がこぼれてしまった。

「ど、どうなさいましたか？」

大柄の男らがおろおろしている。

「女性の涙にはどう対応したらいいのか」

「申し訳ないです。感動してしまい涙が……」

「そうでしたか」

騎士団のみなさんは、安心したように胸を撫でおろしていた。

「これからも、食事の管理をよろしくお願いします」

「こちらこそ。もし、食べたいものがありましたらリクエストしてくださいね」

私がその場から離れようとすると、全員が深々と頭を下げてくれた。私も深々と頭を下げてから、その場を後にする。みなさんの体がもっと調子よくなるように、一生懸命考えていきたい。

「やる気が出てきた！」

私は全身にやる気が漲(みなぎ)って、走って厨房へと戻った。

◆

「うーん……」

私は、センシャン王国との晩餐会で食べてもらう食事内容を厨房で考えていた。

センシャン王国の人が、どんな味を好んでいるのかまったくわからない。国交がないので情報が入ってこないのだ。こういう時こそインターネットの力をお借りしたい!!

「ブリちゃんは、なにかいいアイディアある？」

「そうね……。海に囲まれている国だから、魚介類が好きかなとは思うの」

「魚介類かぁ」

ツキキレット王国での晩餐会は、大皿料理で振る舞うことが多い。それだとゆっくり話せないのではないか。私はハッとひらめく。

「大事なお客様ということだから、フルコースでおもてなしするなんてどうかな？」

「フルコース？」

「うん。給仕係さんにも料理を運ぶタイミングを覚えてもらわないといけないんだけど、前菜・スープ・魚介料理・メインのお肉料理・最後にデザート。順番に出していくの」

「それなら、料理が出来立てでいいタイミングでお出しできるってことね」

「そう！」

「いいと思う。メニューを考えてルーフレッド様に提案したらいいね」

「うん！」

ルーフレッド様……という名前を聞くだけで胸の辺りが温かくなって、締めつけられる。

あの素敵な瞳に見つめられると、全身が麻酔(ますい)をかけられたようにふんわりしちゃう。

もしかして、私……。嘘……。嫌だ……。

「おーい、アズサちゃん。どうしたの？」

ブリちゃんが私の顔の前で手をひらひらさせていた。

「あ、いや……、な、なんでもないの……あはは……」

話をしている最中に意識がどっかに行っちゃうなんて、ちょっと危なっかしい。

「フルコース。いい響きだね」

「外交がうまくいくように、私達も精一杯考えたいね」

「そうだね！」


その夜、私は自分の部屋で紙に思いついたメニューを書いていく。

没頭(ぼっとう)していたため、あっという間に時間が過ぎていた。

一段落ついてドリンクを飲もうと立ち上がり、窓際に歩いていった。

外を見ると銀色の月が見える。

日本にいる時よりも大きくて綺麗……。

もし、元の世界に戻ってしまったら、もうルーフレッド様に会えないのかな。

またツキキレット王国に戻って来られる方法はないの？　自由に行ったり来たりできるといいのに……。

ルーフレッド様のランチを作り終えてから、厨房で晩餐会の料理の試作品を作っていた。

前菜は、大根と人参の酢と蜂蜜漬け、白菜の葉包み。見た目も鮮やかになるように心がけてデザインをした。

「甘くて美味しいね。味がちょっとぼけちゃっているから、もうちょっと塩を入れたほうがいいんじゃない？」

「そうだね」

ブリちゃんと味見をしながら、気さくな意見交換をする。

ニコライド料理長がやってきて、ムスッとしながら指でつまんで口に入れた。

「塩は一つまみでいい」

「ありがとうございます！」

元気いっぱいお礼をすると、笑顔一つ見せないで離れていく。相変わらず、ムスッとしているんだから。でも、そんなに悪い人じゃないかなと思うようになってきた。さり気なくアドバイスしてくれるし。

野菜を刻んでいるとルーフレッド様が突然やってきた。

彼の登場に厨房は緊張した空気に包まれる。

おそらくここにいる調理師らは、雇い主がやってきたということで、ドキドキしているのかもしれないが、私はみんなとは違った胸のざわめきを覚えていた。

……あぁ、この胸を支配する感情がどうか膨らみませんようにと願う。

ルーフレッド様が私のところに向かって歩いてくる。

その後ろには、ダーウィンさんが迷惑そうな表情しながら立っていた。きっと、ルーフレッド様が思いつきで厨房を見に行こうと言ったのだろうか。

「アズサ、料理の開発は進んでいるか？」

「はい。後ほど詳しく提案させていただきたいと思っていますが、フルコースにしようかと思っています」

フルコースがどういうものなのか説明をすると、ルーフレッド様は真剣に話を聞いてくれた。

「なるほど。いい考えだ。見た目が華やかというのも大事だ。必要な食材や道具があれば遠慮なく言ってくれ」

「ありがとうございます。こちらまだ味の調整は必要なのですが、前菜に出そうと考えている料理です」

先ほどブリちゃんと一緒に作って味見をした料理を見せると、ルーフレッド様は興味深そうに目を凝らしている。料理に視線を向けているだけなのに、ルーフレッド様がそばにいるだけで胃のあたりが熱くなってくる。

最近の私……なんだかおかしい。

「カラフルで綺麗だ。周りにかけるソースは緑色と黄色がいいのではないだろうか？」

「二種類のソースをかけるということですね？」

「芸術家が多い国だ。目が肥えているだろう。見た目にはこだわるほうがいいと思う」

「かしこまりました」

返事をして視線を上げると、ブルーダイヤモンドの瞳と目が合った。

周りにたくさんの調理師がいるというのに、私はルーフレッド様しか目に入らない。

周辺の音さえ聞こえなくなって、自分の心臓の音がドクドクしているのが聞こえてきた。

「アズサ。今日はこれから予定があって少し忙しい。他の料理については、今夜、俺の部屋に来て説明をしてくれないか？」

「は、はい……」

「よろしく頼んだ」

ルーフレッド様が歩き出すと、厨房のメンバーは一斉に頭を下げた。

完全に足音が聞こえなくなったのを確認すると、ブリちゃんが私の背中をぽんぽんと叩いてくる。

「ルーフレッド様のお部屋に何度も行けるなんて羨ましい！」

「……仕事の話だから」

いろいろと話を聞きたそうにしているブリちゃんの話をはぐらかして、私は調理の続きをする。それでもブリちゃんは、こっそりと話しかけてくる。

「なんだかんだ言って、ルーフレッド様ってさ、アズサちゃんのこと気に入っているのかもしれないね」

「なっ、ありえない。仕事だって！」

「仕事ということを口実にしているけれど、アズサちゃんと一緒にいる時間を作りたいのかもしれないよ？」

「そんなわけないじゃない！」

「そうじゃなかったら、頻繁に厨房に来ないと思うけど。アズサちゃんがここで働く前は、一切来なかったんだから」

ブリちゃんが、からかってくる。

ルーフレッド様は仕事として私と関わっているだけであって、彼はこの国の王子様なのだ。どこの世界から来たのかわからない異世界人に特別な感情を抱くはずなんてない。

「アズサちゃんが王子妃になったら、もっと厨房を広くしてね」

にっこりと可愛い笑顔を向けられる。

私がルーフレッド様と結婚なんてありえない。大好きなブリちゃんだけど、今だけは無視をさせてもらおう。

◆

入浴を終えて自分の部屋に戻ってきた。今日はルーフレッド様に呼ばれる予定なので、レシピを考えながら待機をしていると、ダーウィンさんがやってきた。

「ルーフレッド様がお呼びでございます」

「はい。今行きます」

考えたレシピ表を持って部屋の外に出て行く。

ルーフレッド様の部屋は近くにあるから一人で行けるのに、ダーウィンさんはいつもっいてきてくれる。

「あの……、申し訳ないので、ここからは一人で行きますが」

「ルーフレッド様から、アズサさんをちゃんと部屋まで送り届けるように指示されております」

「そうですか。ルーフレッド様って、意外と過保護ですよね。私はただの料理人なのに、そこまで大切にしてもらわなくても問題ないんですが……」

ダーウィンさんが立ち止まって私をギロッと睨む。

「ただの料理人？　本当にそう思っていますか？」

「え？　当たり前じゃないですか」

どうしてそんなに強い口調で言うのだろう？

私は専属料理人以外の何者でもない。

「特別な部屋を与えられて、しかも王子様の部屋に何度も出入りしている人なんておりませんよ」

「……それは、お仕事なので」

「本当に仕事だけでしょうか？　ルーフレッド様の部屋で二人きり。部屋の中で、あなた達がなにをしているかわかりませんからね」

ブリちゃんにも言われたけれど、怪しまれるようなことはなに一つしていない。

一度、同じベッドで寝させてもらったことがあったけれど、抱き枕にされただけ。

王宮に来てから二ヶ月が過ぎた。

確かに何度もルーフレッド様の部屋で二人きりになったが、ただならぬ関係になったことはない。

それは要するに……私のことを女性として見てくれていないということだ。

最近は頭を撫でられることは多いが、ルーフレッド様に特別な感情があるとしたら、妹のような感じなんだと思う。

「ルーフレッド様には、立派な跡取りを作ってほしいと思っているんです。アズサさんを否定するわけではありませんが、隣国の美しいお姫様にお嫁さんになってもらいたいと心から願っております」

それは遠回しに私が美人じゃないと言っているようなものじゃないか。ダーウィンさんったら、失礼ね。容姿だけじゃなくて身分問題もある。

「私も同じ気持ちです。疑わないでください！　そもそも、ルーフレッド様が私を好きになるわけありませんから」

笑い飛ばすと、ダーウィンさんは疑わしい瞳で私を見ていた。

ルーフレッド様の部屋に到着すると、ダーウィンさんが許可を取って中に入る。すぐに私も入室の許可をもらい、足を踏み入れた。ダーウィンさんは入れ違いで部屋を出ていく。

リビングの中心に置かれているソファーに、ルーフレッド様が座っていた。

もう見慣れたとはいえ、夜着姿は体のラインがわかってしまうので、目のやり場に困ってしまう。

目の前に座ろうとするが、自分の席の隣をポンポンと叩いてこっちに来なさいというような素振りをされた。断ることができずに隣に座る。

「アズサ、今日の夕食も美味しかった」

「ありがとうございます」

「すっかり胃袋をつかまれてしまった。アズサがいない人生なんて考えられないな」

ドキッとしてしまう。深い意味がなく、感謝の気持ちを伝えてくれているのだろうけど、私の頬はピンク色に染まっていると思う。

「こ、こちらをご覧くださいっ」

動揺で声がひっくり返ってしまう。晩餐会（ばんさんかい）用のレシピをイラストにした。私は、紙芝居のようにして持ち、見えにくいと思い立ち上がる。

「まずは、前菜です。色とりどりの花畑を連想させる料理にしたいと思います。ソースはルーフレッド様のご提案どおり二種類を使います。ほうれん草とマンゴーソースです」

「ほう。華やかで美味しそうだ」

「ありがとうございます。続きましてキャロットのポタージュです」

一通り説明を終えると、ルーフレッド様の考えを聞かせてくれる。

私は聞き逃さないように真剣にメモを取った。

「花畑ということだったら、赤も入れてはどうだ？」

「そうですね。赤ワインを煮詰めたら使えると思います。三種のソースがけにするといいですね。試しに一枚描いてみます」

ルーフレッド様のイメージを聞き、肉料理の盛りつけを描き直した。

赤ワインソースを手前に置いて、奥には焼き野菜を盛りつけてみよう。

「かなりよくなったな」

背後から声が聞こえてきてびっくりする。絵を描くことに真剣になっていて、ルーフレッド様が後ろに来ていることに気がつかなかった。

「あ、ありがとうございます！」

さり気なく隣に腰をかけてくる。

あえて距離を置いて座ったのに、どうして近づいてくるの？　冷静でいられなくなる。

もしかして、ルーフレッド様は私の気持ちに気がついているのだろうか？

「どんな時も一生懸命に考えてくれて感謝している」

「少しでもお力になれたら……」

急に手が伸びてきたので言葉が止まってしまう。ルーフレッド様の指が私の髪の毛に触れた。いつもお団子をしているのだが、今日はお風呂上がりなので下ろしたままだった。しかも、まだ少し湿っぽい。

王子様のところに来るのに、身だしなみがなってなかった。慌てて立ち上がり、頭を思いっきり下げる。

「ルーフレッド様のお部屋に来るのに、髪の毛もまとめないで、本当に申し訳ありません」

私が勢いよく謝るので、きょとんとした表情された。

次の瞬間、ルーフレッド様は口元を上げて意地悪な微笑みを浮かべる。

「あぁ……そういえば、そうだな。アズサは、ルールを知っているのだと思っていた」

「どのようなルールでしょうか？」

警戒しながら尋ねる。

「髪の毛を下ろしているということは、この国では男性に襲ってもらいたいという意味がある。それを知らなかったとは言わせない」

ルーフレッド様が立ち上がり近づいてきて、私の手首をつかんだ。

誘っているつもりなんてあるわけがない。

「この国のルールに従ってもらうと、初めの時に言ったことを覚えているか？」

「お、覚えております」

「だから、知らなかったでは済まされない」

「あ……あのっ……」

なにか言い訳を考えようとするが、言葉が出てこない。ここから退室しなければと思い、歩こうとするが、手を離してくれない。

「ルーフレッド様のような素敵な方が、わ、私のお誘いなんか、間違っても受けないですよね。あはは……ちょっと緊張しちゃいました」

じっと私を見つめたルーフレッド様が、頭をゆっくりと左右に振った。

「アズサの誘いなら、受けてやってもいい」

「えっ……？」

真剣な瞳を向けられて、私の心臓は爆発してしまいそう。

「冗談……ですよね？」

「本気だ」

なにを、血迷ったこと言っているの？

先ほどからワインを飲んでいるせいで酔っ払っているのだろうか？

いや、ルーフレッド様はお酒がかなり強い。酔っているところを一度も見たことがなかった。

「誘っているつもりはなくて……」

顔がだんだんと近づいてくる。ルーフレッド様のムスクの香りが鼻を通り抜けた。

「俺をその気にさせておいて、そんなつもりはないと言われても、受け入れるわけにはいかない。責任を取ってもらわないとな」

どうして困らせることを言うのだろう。からかって楽しんでいるとか。

ルーフレッド様が本当に私とそういう関係になりたい訳がない。

なにか企んでいることがありそうだ。疑いながらじっと見つめると、鼻で笑われる。

「随分、挑発的な瞳をするんだな。気の強いところがあるのも嫌いじゃない」

「違います。……わけがわからないんです」

「深いことは考えなくていい。俺はアズサとキスがしたい」

なななな……なんと、おっしゃったのでしょうか？

ルーフレッド様の手が伸びてきて、私の髪の毛に差し込んで頬を包み込む。

射抜かれるような視線を向けられ、私は動けなくなった。顔がゆっくりと近づいてくる。

現実なのか、夢なのかわからない。全身がふわふわと浮いた感覚だった。

「い、いけませんっ！」

「いけない理由なんてあるか？」

「ありまくりです！」

瞳を左右にきょろきょろと動かしていると、もう数センチのところまで来たので、ぎゅっと瞼を閉じた。手を突っ張るが、力で勝てるはずがない。

次の瞬間――。

唇と唇が重なった。チュッと小鳥のようなキス。

唇が離れ、おそるおそる視線を上げると、ルーフレッド様が麗しい目で私を見ている。

……信じられない。

私、ルーフレッド様とキスをしてしまった。

私の体温が一気に上昇して、心臓がバフバフと激しく鼓動を打つ。

「アズサ」

「……えっ、し、信じられない……だって、んっ」

言葉を続けようとしたのに、再び唇が塞がれてしまう。今度はくっつくだけじゃなく、私の上唇を吸い上げている。

「んんっ……」

下唇をペロペロと舐められ、思わず口を開いた瞬間、ルーフレッド様の舌が私の口内に入り込んできた。口の中で凝り固まっている私の舌を見つけると、絡めてくる。

「んっ」

逃げようとしても、頭の後ろを手のひらで抑えられていて動けない。くちゅくちゅと濡れた音が耳に届き、羞恥心に襲われる。執拗にキスをされていると、力が抜けてしまう。

――気持ちがいい。とろけてしまいそうだよ……。

立っていられなくなりバランスを崩すと、ルーフレッド様の逞しい腕で腰を支えてくれた。そのままソファーに倒れ込んでしまい組み敷かれる。間近で目が合うと気を失ってしまいそうになった。私の頬を手のひらで包み、妖艶（ようえん）な笑みを浮かべている。

「……もう、これ以上は……駄目です」

私の言葉を無視して、キスが続けられる。チュッチュと、リップ音が耳に届く。

「んっ……」

角度を変えて、何度も、何度も唇を重ね合わせた。

やっと、唇が離れると私は放心状態――。

ルーフレッド様からの情熱的な口づけを数分間受け続けていて、骨抜きになってしまっていた。

「アズサの料理も美味しいが、唇はもっと美味だ」

まだ近い距離にいて顔を覗き込みながら、満足そうに笑っている。

一方で、私の心の中は切なさで埋め尽くされていた。

私の……ファーストキスだったのに……。

どんなに好きになっても、結ばれない人とキスなんてしたくなかった。こんな甘いキスをしてしまったら、自分の誤魔化していた気持ちに嘘をつけなくなってしまう。

視界がだんだんと悪くなり、瞳が涙で滲んだ。

平気なふりをしようと思ったのに、顔が歪んでしまう。ついに涙がポロッとこぼれる。

泣いているのを見たルーフレッド様が驚いたように瞳を大きく開いた。

「アズサ、泣かないでくれ」

横になっていた体が起こされて、ソファーに隣あって腰をかける。

気まずいよ。早くここから抜け出さなきゃ。逃げようとすると長い腕が私を抱きしめた。

「日本でもキスをしたことがなかったのか？」

「……は、はい」

「そうか。初めてのキスだったんだな。驚いたのかもしれないが、すぐに慣れる」

ん？

また次もあるような言い方のような気がするのですけど……。

「もっと、先の行為もあるが……、今日が初めてならこれくらいにしておいてやろう」

「……あの、次はないです。今のは、事故のようなものですから」

ルーフレッド様の腕の中から逃げようとするが、びくともしない。

「アズサ……」

このまま流されてしまいそうになったけれど、私は力を振り絞った。

「は、離してくださいっ！」

あまりにも強い口調で言ったので、ルーフレッド様は仕方がないといった様子で離してくれた。私はこれ以上ここにはいられないと思い逃げるように部屋を出て、走る。

自分の部屋に戻った私の心臓はなかなか動悸が収まらなかった。

◆

キスしてしまった。どうしよう。一睡もできないまま、朝を迎えてしまった。

きっと、昨夜の口づけに特別な意味はない。

あの時の気分だったのだろうから、あまり気にしないようにしよう。

支度を済ませて厨房に向かうと、ブリちゃんが近づいてくる。

「目、すっごく腫れているけど、どうしたの？」

「ちょっと、眠れなくて」

ルーフレッド様とのキスを思い出すと泣きそうになってしまう。

「センシャン王国の料理のことで責任を感じているんじゃない？」

「……うん、そんなところかな」

来週、大事な国のお客様がやってくるのでプレッシャーは大きい。さらには、キスをしたことも気になって脳が正常に働かない。

「まあ、あまり重荷に感じないようにね」

「ありがとう」

私の肩をぽんと叩いて、ブリちゃんは食料庫へと行ってしまった。

次、夜食を作ってほしいと頼まれた時、どんな顔をして会いに行けばいいのだろう。

普通の顔をして過ごすなんて無理だよ……。どうしよう……。

「おいっ、焦げてる！」

ニコライド料理長がやってきて、慌てて鍋に蓋をする。

炎は収まったが、一歩間違えたら、火が燃え上がって危ないところだった。

料理をしながらぼーっとするなんてとんでもないことだ。

火事にでもなったら、取り返しのつかないことになる。

「も、申し訳ありません！」

「ボケボケしてるんじゃねぇよ。ったく」

料理人失格……。私は、気を引き締めて料理をすることにした。


ルーフレッド様のお昼ご飯を作り終えて、休憩に入ろうとした時、ダーウィンさんがやってきた。彼がやってくるということは、ルーフレッド様関連の用事だ。

「アズサさん」

名前を呼ばれて体がビクッとした。専属料理人だもん。声がかかるのは仕方がないですよね。私は力ない声で返事をする。

「は、はい……」

「ルーフレッド様が執務室に料理を運んでほしいとおっしゃっております」

「えっ……!?」

昨日の今日で呼ぶなんて、ルーフレッド様がなにを考えているかまったくわからない。心の整理のつかない感情で会うのは、かなりきつい。ルーフレッド様、ドS（エス）！

会ったらどんな顔をすればいいの？　断りたいけれど、私にそんな権限はない。

すぐに返事をしない私を怪訝そうな瞳で見つめてくる。

「どうかなされましたか？」

「いえ。……わかりました。ただいま行きます」

ワゴンに料理を乗せると、ダーウィンさんと一緒に執務室に向かった。

長い廊下を歩いていると、心臓の鼓動が速くなってくる。

忘れようとしているのに、昨日の夜のキスを思い出してしまう。

私はルーフレッド様の専属料理人として働かせてもらい、他の職員よりも彼の近くにいる時間が多かった。

初めの頃は無愛想な話し方で、自分の要望ばかり言っているちょっと嫌な人だなと思ったけれど、騎士団の食事の管理や王太后の体調を気にして、私に料理のオーダーをしてきた。

近くにいることでわかったことは、彼は自分のことばかり考えているのではなく、いろんな人へ心を配っているということ。

私は自分の気持ちに気がつかないようにしていたけれど、結構早い段階から人として彼を好意的に見ていたのかもしれない。

ルーフレッド様のキスは、ちょっと激しくて、驚いてしまったけれど、ファーストキスに相応しいひとときだった。

昨日の口づけは、この世界に来たいい思い出として、胸にしまっておこう。

誰にも言えない秘密……。どんなに好きになったって、結ばれることのない人なのだから。

一刻も早く忘れなきゃ……。

執務室に到着して中に入ると、ルーフレッド様は、いつもと変わらない表情で私を冷静な瞳で見つめている。

あまり意識をしないようにして振る舞っていたが、高鳴る心臓の音が聞こえてしまいそうだ。

「お待たせいたしました。ランチの軽食をお持ちしました」

「ご苦労」

ルーフレッド様がダーウィンさんに下がるように目配せをした。

執務室に二人きりになると、ルーフレッド様のブルーダイヤモンドの瞳が色濃くなった気がする。そんな熱っぽい瞳で見つめないでほしい。耳の奥がキーンとなって、頭がぼーっとしてくる。

「機嫌は直ったか？」

「……え？」

「昨日は俺にキスをされて、泣きべそをかいていたではないか」

昨日のことを思い出しているように、クスッと笑っている。

「夜まで待って話をしようと思っていたが、少し時間が空いたから様子が気になってアズサを呼んだ」

「私は、いつもと変わりありません。ご心配いただかなくても結構です」

仕事中なので、動揺しないようにはっきりとした口調で答える。

ルーフレッド様が立ち上がって近づいてくると、私を見下ろした。

頬を包み込まれる。私はムッとして目をそらす。仕事に集中させてほしい……。

「そんなに怖い顔をするな」

「……お料理を運んだので、もうそろそろ失礼します」

帰ろうとすると腕をつかまれて不意打ちにキスをされた。

チュッと唇が重なるだけのキスだが、私は固まってしまう。

ルーフレッド様は吹き出すように笑い出す。

絶対に遊ばれてる！

腹が立って頬を膨らませた。もう、最低!!

「アズサは、面白い反応をするな？」

「私、仕事中なんです！　からかわないでください」

「雇い主は俺だ。だから問題ないだろう」

「……ルーフレッド様のキスの相手は、仕事の内容に含まれておりません！」

私は必死で言い返すと、肩を震わせて笑っている。なにを言っても無駄かもしれない。

私の反応が笑いのツボにハマるらしい……。

「悪かった。いよいよ、センシャン王国との晩餐会が五日後に迫ってきた。よろしく頼む」

「かしこまりました。では、失礼いたします」

「またな」

頭を下げた私は、急いでルーフレッド様の執務室から出た。

◆

朝から王宮はスタッフが忙しそうに働いている。

今日はまだ国交を結んでいないセンシャン王国の国王陛下と王女がやってくるため、私たち料理人も朝から料理の準備に追われていた。

厨房内での打ち合わせが終わると、夜の料理のために下ごしらえをする。

何度も何度もレシピを考えて、ルーフレッド様や国王陛下に確認してもらった。

厨房のスタッフにも味見をしてもらい率直な意見を聞いて、献立に関してはみんなの力を合わせたので自信がある。あとは心を込めて作ろう。

お昼過ぎにセンシャン王国の国王陛下と王女がやってきたようだ。

今日は一段と暑い日で、窓を開けながら、スタッフは汗だくで働いている。

盛大に歓迎しているようで、楽器演奏の音が聞こえる。

その中で、私たちは休むことなく料理の準備をしていた。

あと三時間もすれば晩餐会が始まり、料理を振る舞うことになる。

「はぁ……」

「緊張しているのね。大丈夫よ。絶対に喜んでくれると思うわ」

ブリちゃんが背中をさすって励ましてくれた。

本当に彼女のおかげで救われているなと改めて思う。

「ありがとう」

「手伝うことがあれば言ってね。こちらの盛りつけは大体終わっているから」

「うん！」

あともう一息だから頑張ろう。


刻一刻と時間が進んでいった。

晩餐会の一時間前になると、フルコースを運ぶ順番を給仕係と確認する。

「まずは前菜です。そしてポタージュ……」

みなさん真剣な表情で聞いてくれている。

厨房メンバーと給仕係のチームワークが抜群で、心が一つになっていた。国交をどうか無事に結べますように……！

「料理を運び終わったら一品ずつ私からどんな料理なのか説明をすることになっていますのでよろしくお願いします」

「わかりました。よろしくお願いします」

夕方になりいよいよ晩餐会が始まる。

料理の説明をするという大役もあるので、私の緊張がマックスになっていた。

給仕係がワゴンの上に前菜を乗せていく。料理をワゴンの上に乗せ終えると、私たちは大広間へと向かう。

裏のスペースで料理の最終的な盛りつけを行うのだ。

大広間の裏スペースに到着し、人数分用意を終えると、ダーウィンさんがやってきた。

「こちらの準備は整いましたので、お料理を運んでください」

「かしこまりました」

扉が開き、給仕係がワゴンを押していく。

長い机にセンシャン王国の国王陛下と王女様、側近が数名並んでいた。向かい合うようにして我が国の国王陛下、ルーフレッド様、騎士団長、数名の側近が座っている。

物々しい雰囲気に怖気づいてしまいそうになった。

国交を結ぶのって思ったよりも大変なのだろう。料理で場が和(なご)んだらいいなぁ。

給仕係と私が入ると一斉に視線がこちらに向けられる。私たちは深々と頭を下げて挨拶をした。

歓談をしているところお邪魔しないように、料理を置いていく。

全ての席に配り終えると、視線が私に移された。

「本日はお料理をフルコース形式でお出しさせていただきたいと思います。はじめに前菜の『大根と人参の蜂蜜漬けの白菜ロール巻き、ほうれん草、マンゴー、赤ワインソースを添えて』です。三種類のソースでお楽しみください」

私が説明を終えると、センシャン王国のレデリーヌ王女が目をキラキラとさせる。

「まぁ、なんて美しいお料理なの」

細くて甲高い可愛らしい声に思わずドキッとしてしまう。

あまりじろじろ見るのはよくないが、どんな人なのか気になって視線を動かした。

ふわふわのブロンドヘアーを綺麗に結い上げて、頭には宝石が散りばめられたティアラをつけている。

レースがふんだんに使われている真っ赤なドレスを着ていた。胸の谷間が見えていてそれがアクセサリーのようで美しい。

まさに、私が日本で読んでいたヒストリカル系小説の登場人物のようなお姫様だった。

大きな瞳に長いまつげが綺麗にカールされている。

色が白くて華奢(きゃしゃ)で守ってあげたくなるようなそんな容姿をしていた。

そんな綺麗な王女様が料理を見て喜んでくれている姿がとても嬉しかった。

「専属料理人のアズサが、本日のメニューを考案しました。さあどうぞ召し上がってください。お口に合えばいいのですが」

ルーフレッド様が説明すると、国王陛下もレデリーヌ王女も感心したように頷いた。

センシャン王国の国王陛下が一口食べる。ゆっくりと咀嚼をする姿を見ると背筋に汗が流れた。飲み込むと、深く頷いてくれる。

「これはなんとも言えない味だ。とても美味しい」

続いてレデリーヌ王女が食べると、じっくりと味わってくれる。

「見た目に劣らず素晴らしい味をしているわ。こんな美味しい料理を毎日食べられるなんて羨ましい限りです」

好印象な反応に私は、ほっとする。

フルコースが終わるまで気が抜けないけれど、全ての料理を気に入ってくれたらいいなと思いながらバックスペースに戻った。

メインの肉料理を運び終えて説明を終えると、会話が耳に入ってくる。

「今回は国交を結ぶという目的と、もう一つお願いがあってやって参りました」

センシャン王国の国王陛下が緊張した面持ちで言い出す。

なるべく邪魔にならぬようにそっと裏に戻って料理の準備をする。最後はデザートだ。

「ルーフレッド様、もしよければ我が国の第一王女レデリーヌをもらっていただけないでしょうか？」

まさかの縁談の話に私は雷に打たれたような衝撃を受けた。なにも驚くことではない。国のトップ同士の子供が結婚するということは普通のこと。レデリーヌ王女は、絵に描いたような完璧な女性である。

麗しいルーフレッド様の隣を歩いても引けをとることないほど美しい。でも、ルーフレッド様が、私以外の女性とのキスシーンを想像すると、胸がぎゅっと締めつけられる。

今にも泣き出したくなるような気持ちになったが、仕事中なのだから、しっかりしようと気を引き締めた。

ルーフレッド様や国王陛下がどんな返事をするのだろう。

「……それは突然で驚きました」

ルーフレッド様のクールな声が響く。

デザートを盛りつけて、ワゴンに乗せて静かに運ぶ。

「ルーフレッド様のお嫁さんにしていただきたいわ。そうすればいつもこんなに素晴らしいアズサさんのお料理がいただけるんですもの」

レデリーヌ王女が私にウインクをしてきた。あまりにも可愛くて萌え……。

ルーフレッド様、私なんかよりも、このお人形さんのように可愛らしいレデリーヌ王女う。

と結婚して幸せになってください。

二人の遺伝子を引き継げば、世界一、いや、宇宙一可愛いらしい赤ちゃんにも恵まれそ

私は、レデリーヌ様にお礼の気持ちを込めて愛想笑いをした。

二人の結婚式には大きなウエディングケーキを用意しよう。

スイーツが専門ではないけれど、私に大好きな料理の仕事を与えてくれたルーフレッド様に最大の感謝の気持ちを込めて、作らせてほしい。

「まずは、スイーツを召し上がってください。その後は、若い二人で庭園でも散歩してはどうだろうか？」

我が国の国王陛下の提案により、二人はスイーツを食べた後散歩することになった。国王陛下は、ついに結婚かと嬉しそうにも見える。


スイーツを食べたレデリーヌ様がにっこりと笑う。

「とろけてしまいそうだったわ」

「アズサ、レデリーヌ様がお喜びだ。よかったな」

ルーフレッド様が話しかけてきたので、私は遠慮がちに頷いた。

フルコースを全て運び終えた私たちは、役目が終わり挨拶して部屋から出た。

長い廊下を歩いていると、窓から月明かりが見えた。

今日も銀色に輝いていて美しい。

その中を二人で散歩するなんてとてもロマンチックだ。

きっと、ルーフレッド様とレデリーヌ王女は、恋に落ちる。

切ない気持ちをごまかすように飲み込んで、私は厨房へと戻った。

◆

「夜食のご希望が入りました」

「……かしこまりました」

センシャン王国との晩餐会が終わって一週間。

最近、ルーフレッド様は忙しいようで呼ばれることがなかったから安心をしていた。

センシャン王国とは国交が無事結ばれたらしい。ということは、二人の結婚も具体的に話が進んでいくのかもしれない。

厨房で料理をして、ルーフレッド様の部屋に向かう。

ダーウィンさんに聞いたら、レデリーヌ王女との結婚の話がどうなったか教えてくれるかな。いや『あなたには関係ありません』と言われる気もする。

ルーフレッド様の部屋に到着すると、ダーウィンさんは中に入ることなく帰った。

「近くにおいで」

「はい……」

座るように言われたが、ルーフレッド様の食事を終えたらすぐに出ようと思っているので、曖昧な返事をした。立ったままでいると、ルーフレッド様は怪訝そうな表情をする。

彼の変化に気がつかないふりをして料理の説明を始めた。

「今日は夏野菜のラタトゥイユです。トマトベースでさっぱりした料理になっております」

ルーフレッド様が口に料理を運んでいく。食事をするルーフレッド様を見つめているだけで切ない。この人のそばにずっといることが許されるなら……。

こんな気持ちになったことは、今までの人生一度もなかった。

「センシャン王国との晩餐会の時は本当に助かった。国王陛下も喜んでおられた」

「お役に立てて光栄です」

「すべてアズサのおかげだと思っている」

「厨房のメンバーが力を貸してくれたおかげです」

レデリーヌ王女とはどうなったのだろう。結婚式での料理の相談をされるかもしれないと思うと、胃がキリキリと痛みだす。ちゃんと、祝福しなければいけないのに。

食事が終ったルーフレッド様が立ち上がり、私に近づいてくる。

「明日の八月二日。なんの日か知っているか？」

なにか予定が入っていたか考えてみるが思いつかない。

ツキキレット王国の大事な記念日だったかと思い返すがわからなかった。

「……申し訳ありませんが、存じ上げません」

ルーフレッド様が穏やかな笑みを浮かべた。

「アズサの二十一回目の誕生日だ」

はっ、そうだった。すっかり忘れていた！

私の誕生日をわざわざ覚えてくれていたことに驚く。いい人すぎなんですけどっ！

「覚えていてくださりありがとうございます。私も大人の階段を上っているのですね。あまり、実感はありませんが……」

ルーフレッド様は、窓側にあるチェストから小さな箱を持ってきた。

「誕生日おめでとう」

箱を差し出してくる。これって、もしかして、誕生日プレゼント？

受け取るなんてできない。

手を出さずに私は、ルーフレッド様を見つめて首を横に振った。

「お気持ちだけで充分です。おめでとうとお言葉をいただいただけでありがたいです」

「アズサのことを思ってデザインしたんだ。俺の真剣な心を受け取ってほしい」

まっすぐ私を見つめてくるので、感情があふれだしそうになるが、なんとかこらえて笑顔を浮かべる。

「専属料理人という立場でそこまでしていただくのは申し訳ないです」

「……せめて見てくれ」

切なそうな表情をされると、逆に申し訳ない気持ちになって、断りきれず手を伸ばした。

蓋を開けると金色のブレスレットが入っていて、ハートの形のチャームがついている。

「可愛い……」

男性からプレゼントをもらったことがなかったので、どんな反応していいかわからない。

しかも、ルーフレッド様からの贈り物なのだ。それだけで胸が熱くなり言葉が出てこなかった。ルーフレッド様が、私のことを考えながらデザインしてくれたのだ。なんという光栄なことなのだろう。

「ありがとうございます……」

やっと声を振り絞ってお礼をする。

「右手を出して」

言われるがまま右手を出すと、ルーフレッド様が私の手をそっと持ち上げる。彼に触れられた手首が熱を帯びてくる。

ブレスレットを手につけてくれた。見つめると、キラキラと輝いている。

火傷をしたり、包丁で間違って切ったりで傷だらけの手には、似合わない。

こういうジュエリーはレデリーヌ王女のような人が似合う。でも、本当に嬉しかった。

「どうだろう。気に入ってくれたか？」

「一生、大切にします」

ルーフレッド様は、満足そうに笑みを浮かべて手の甲にキスをしてくれた。

ドキンと胸が高鳴り、涙目になってしまう。

ルーフレッド様を見つめると、慈愛に満ちた瞳をしていた。

「アズサ……」

私の頬を手のひらで包み込む。……来る。このパターンはキスされる。

逃げようと思うのに、まるで魔法にかかったかのように、逃げられない。

ゆっくりと、顔が近づいてきて唇が重なった。

寝ても覚めても、ルーフレッド様のことばかり考えている。

なにをしていても、彼のことが気になって仕方がない。

これが、恋というものなのか――。

日本にいた頃は、よく恋愛小説を読んでいて、疑似恋愛みたいなことはしていたが、実際に生きている人を好きになったことがなかった。

せっかく人を愛することができたのに、好きになった相手が異世界の王子様だったなんて……。この気持ちは、どうしたらいいのだろう……。

◆

「はぁ」

厨房で仕事をしていると、ブリちゃんが近づいてきた。

「あー、アズサちゃん、またため息ついているよ。幸せが逃げてしまうよ」

「だよねぇ……。気をつける」

働いている時は、ルーフレッド様のことを考えないようにしているのに、好きな気持ちが心をいっぱいに満たして、苦しくなる。

私が読んでいた小説は紆余曲折あるけれど、最後にはラブラブで終わるというパターンが多かった。けれど、私の場合ハッピーエンドはありえない。

「ルーフレッド様、センシャン王国の王女様とご結婚なさらないのかな？　アズサちゃん、知ってる？」

「知らない……。ど、どうなんだろうね」

「うん……」

駄目だ。このまま普通に過ごしていたら好きな気持ちがいつか爆発してしまうかもしれない。どうすれば私は、ルーフレッド様を忘れることができる？

この恋心を消す方法を、誰か教えてくださいっ。


夜になり、自分の部屋でぼんやりとソファーに腰をかけていた。

上の空で、なにもする気が起きない。

好きな人を忘れるためには、どうしたらいいの？

ネットで検索したいけど、この世界ではつながらない。

新しい恋をするのが効果的と聞くけれど、簡単に恋なんてできないし、ルーフレッド様を超える素敵な男性なんていないんだもん。

私はクッションをぎゅっと抱きしめる。苦しい。恋すると呼吸系にまで影響してくるなんて知らなかった。

スーハー、スーハー深呼吸を繰り返す。なるべく、会わないほうがいい。目の前にしてしまうと好きという感情がもっと膨らんでしまう。

――コンコン。

こんな時にノックが鳴る。夜食の注文だろうか。あぁ、気が重い。

ドアを開くと、ダーウィンさんが立っていた。

「ルーフレッド様がお夜食をご希望されております」

会えない。会ったらもっと好きになってしまう。だから、ワガママをお許しください。

「ゴホゴホッ」

わざとらしい咳をしてごめんなさい。

こうでもしないと、これからも頻繁に会ってしまうことになっちゃう。

「どうされましたか？」

「あれ……おかしいなぁ、風邪を引いちゃったみたいです」

「それは、大変ですね」

「お料理はしますので、ダーウィンさんが運んでくださいますか？」

「わかりました」

なんとか会うことを回避できた！　でも、いつまでも通用しないだろう。

◆

今日も一日終わり、自分の部屋で新しいレシピを考えていた。

風邪作戦で連続三回、夜食を運ぶことを断った。

そろそろ効力がなくなってしまい仮病（けびょう）ということがバレてしまうだろう。

どうしても、顔を合わせる勇気が出ない。『退職』という言葉が頭を過る。

ルーフレッド様の近くで大好きな料理をしていられるのは理想だけど、それ以上に好きな気持ちを抱えたまま生きていくのは辛い。

恋の病（やまい）というのは、厄介だ。

ノックが鳴る。ルーフレッド様からの夜食のオーダーだろうか。

さすがに風邪を引いていると嘘をつけないので、困ってしまう。

他にいい案がないかな。うーん。……思いつかない。

ダーウィンさんに正直に相談するべき？

でも、キスをしたなんて言ったらこっぴどく怒られそう。

ドンドンドンドン！

ノックが何回も鳴る。無視するわけにもいかないので私は扉の近くに向かった。

「は……はい……」

「アズサ」

ルーフレッド様!? なにか用事があって、わざわざ足を運んでくれたの？ それでも普通は、ダーウィンさんを通すはずだけど。

「アズサ、入るぞ」

「……えっ」

本当は会いたくないけど、王子様をいつまでも廊下に立たせておくわけにはいかない。私が隙間を開くと、その隙間から指をガッと入れられた。

「ひゃっ」

私は驚いて変な声を出してしまう。

ルーフレッド様が思いっきり扉を開けて入ってきた。

久しぶりに見る彼の姿に、複雑な気持ちになる。元気そうでよかったと安心するが、ルーフレッド様の顔色があまりよくない気がした。大丈夫かな。どうしたのだろう。

「風邪はもう治ったのか？ あまりにも長引いているようだから心配でたまらない。医者に診てもらったほうがいいのではないか？ 体にいい薬草を煎じて飲んだほうがいい」

私の仮病をルーフレッド様は疑うことなく信じてくれている。

心配してくれていて、申し訳ない気持ちでいっぱいになった。

「かなりよくなってきましたので……。ご心配おかけして申し訳ありません」

「アズサに会えない時間がこんなにも長いと思わなかった」

熱っぽい瞳で見つめてくる。そして、手が伸びてきて私の頬を包み込んだ。

「熱はないようだが、顔が真っ赤だ」

顔がだんだん近づいてきてキスをされそうになる。私は慌てて離れた。

「……まだ完全に風邪が治っておりませんので、感染してしまっては困りますのでお引き取りください」

「問題ない」

「問題ありまくりです！　ツキキレット王国の第一王子に風邪をひかせるわけにはいきませんっ」

思いっきり拒否をすると、ルーフレッド様は大きなため息をついた。

ズカズカと部屋の中心に入ってきて、ソファーの上に座って足を組む。

「……風邪が長すぎる。やはり医者に診てもらおう」

「そ、そんなに重症ではありませんから」

「……しかし」

いつまでここに居座るつもりだろう。

私は困ったなと思いながら、ルーフレッド様の目の前に腰を下ろした。

「俺は、前のようにアズサと楽しく話をしたい」

「……わ、私、いろいろとやることがありまして……」

ルーフレッド様にギロッと睨まれてしまう。

「俺のことを避けていないか？」

「そんなこと、ありません」

「俺から離れようとか変なことは考えないでくれよ」

切ない声音で言われると、頷いてしまいそうになった。考えていることがバレていてびっくりしちゃう。

「いろんなことを頼みすぎたから、負担をかけてしまったかもしれない」

「い、いえ……」

「アズサ。明後日なんだが、時間を取ることができた。サンテマルク農園を視察に行かないか？」

王太后が前に教えてくれた野菜が甘くて美味しいと評判の農園だ。

「アズサが日本には、観光という文化があると教えてくれただろ」

何気ない会話を覚えていてくれたんだ。ちょっと感動してしまう。

「アズサには、知らないことを教えてもらってばかりだ」

「私こそ、ルーフレッド様から学ばせてもらっていることが多いです」

「相性がいいということだ」

どこか嬉しそうな、照れているような表情をされると、このまま流されてしまいそうになる。もう難しいことは考えないで、ルーフレッド様と楽しい毎日を過ごせればそれでいいとさえ思ってしまう。私は胸が温かくなり、にっこりと微笑んでしまった。

「やはり、アズサは笑っているのが一番いい。今は収穫物が多いからいい時期だろう」

行かないと言おうと思ったが、これは仕事の一環なのだから断れない。

「……明後日、楽しみにしておきます」

「おやすみ」

ルーフレッド様は部屋を出て行った。

ルーフレッド様と話すだけで、ドキドキしてしまって体が火照ってしまう。私はベッドの上に沈めて、深いため息をついた。

◆

「やっぱり、ルーフレッド様の結婚は近いのかもね！」

お昼休憩を取っていると、ブリちゃんがテンション高めに話しかけてきた。

「センシャン王国のレデリーヌ王女がルーフレッド様に会いに来て、サロンでお茶をしているようなの」

「そ、そうなんだ！　うまくいってんのかな？」

胸がズキンと痛む。あぁ、これは間違いなく嫉妬をしているのだ。

喜ばしいことなのに、祝福できないなんて心が狭いな、私……。

そこにダーウィンさんがやってきて、サロンにフルーツ盛りを運ぶように言われた。フルーツをカットしてお皿に盛りつける。

えーん。……ルーフレッド様のデートシーンなんて見たくない。

準備を終えると私はワゴンを押して運び出す。

給仕係さんがやればいいのに、ルーフレッド様は私を指名するのだ。

「喜ばしいことですね。ルーフレッド様もついにご成婚(せいこん)ですかね」

ダーウィンさんが嬉しそうに言うが、私は複雑な気持ちだった。


サロンに到着し、ノックをしてから扉を開くと、中からレデリーヌ王女の楽しそうな笑い声が聞こえてきた。それだけなのに、胸が締めつけられる。

レデリーヌ王女とルーフレッド様は向かい合って座っていた。

今日はピンクと白のレースが使われているドレスを着ている。

美しくて思わずため息がこぼれそうになった。

「お待たせいたしました。フルーツ盛りをご用意いたしました」

「あら、アズサさん、ありがとうございます！」

「とんでもありません」

にっこりと微笑まれると、キュンとしてしまう。どうしてこんなに可愛らしいのだろう。

ルーフレッド様は、いつもと変わらず涼し気な表情をしている。

テーブルにフルーツ盛りを置くと、レデリーヌ王女が話しかけてきた。

「アズサさんのお料理、とっても美味しくて忘れられませんわ」

「ありがたいお言葉です」

「明日、アズサと農園の視察をしてきますから、美味しい食材をお贈りしますよ」

ルーフレッド様がいうと、レデリーヌ王女は完璧な笑みを浮かべて、手のひらを合わせる。

「まぁ！　とっても楽しみですわ！　でも、ちょっと嫉妬しちゃうわ。ルーフレッド様とお出かけなんて羨ましいわね」

「お仕事ですので……」

苦笑いをして返事をすると、納得してくれたようだった。

「ルーフレッド様、またお話聞かせてくださいね。いつか、私も連れて行ってほしいですわ」

「ええ、機会があれば」

二人を邪魔しないように、私は頭を下げてサロンを出ていく。


廊下に行くと、ふぅっと息を吐いた。

「お似合いでしたね」

ダーウィンさんが、話しかけてくる。

「そ、そうですね！　あとは一人で帰れるので」

「お疲れ様でした」

頭を下げると、私はワゴンを押して厨房に戻る。

一刻も早くその場から離れたくて、早歩きになってしまった。

レデリーヌ王女は、自分の気持ちを素直に表現できる人で、可愛気のある女性だなぁと思った。

日本にいた時も、女子力の高い人っていたよなぁ。私も、もうちょっとぶりっ子できたら、ダーリンをゲットできていたのかな？

でも、ルーフレッド様以上に好きになれる人はいない。

彼の近くにいて、ルーフレッド様の心に触れているうちに、惹かれていたのだ。

誰かを思いやる気持ちとか、心配りができるとか……。そういう男性に私は弱い。

ルーフレッド様は王子様で冷たい人というイメージが強かったから、ギャップが大きかったのかも。

思い出すと、レデリーヌ王女と超お似合いだった。美男美女だし家柄も申し分がない。

嫉妬したって絶対に勝てる相手じゃないのに、苦しい。好きな気持ちがどんどんと胸を支配していく……。

農園の視察日になった。

楽しみと緊張でほとんど眠れなくて、頭がぼんやりとしている。

コンコン――。

朝からノックが鳴り、何事かと思って扉を開くと、私の部屋に使用人がやってきた。

「おはようございます。ど、どうしたんですか？」

「お出かけされるということですので、ルーフレッド様からワンピースが届いております」

「え？」

驚いた。たしかに外出着というものを持っていない。

届けられた服を確認すると、白いブラウスに茶色のベスト深緑のロングスカートだ。ブラウスやベストは上質な生地が使われている。素敵な服だが、貴族の格好という感じ。料理人の私が着るには申し訳ない。

「あのっ、困ります……」

「そうはいわれましても、こちらも困りますので着てください。着替えるのが大変であればお手伝いしますので」

使用人が眉間のシワを深くさせている。ルーフレッド様に恥をかかせるわけにもいかないし、着替えるしかない！

「……わかりました。一人で着替えられますので」

使用人が廊下に出ると、私はワンピースに着替えた。

鏡に映る自分の姿を確認する。胸元が少し空いているかも。ルーフレッド様ってこういうのが趣味なのかな。もう少し胸が大きかったら着こなせると思うんだけど。少し恥ずかしいが、可愛らしい服を久しぶりに着られたので嬉しい。

軽くお化粧をして髪の毛を一つにまとめる。

鏡を見るとワンピースのおかげで、少しは小奇麗（こぎれい）になったかな？

「よし、これで完成」

廊下に出ると、使用人が待っていてくれた。

「お似合いです」

「あ、ありがとうございます！」

「ルーフレッド様が玄関でお待ちです」

早っ。急いで行かなきゃ。


玄関に到着すると、王族用の金の模様入りの立派な馬車が用意されていた。ダーウィンさんが扉を開いてくれる。

「お邪魔します」

中には、ルーフレッド様がすでに乗っていた。

隣に座ると、ファッションチェックされるように見つめられて、顔が熱くなっていく。

ドアが閉まるとルーフレッド様がなにか差し出してくる。

「おはよう、アズサ。とても似合っている。胸元が少し寂しいからこれをプレゼントしよう」

差し出されたのはネックレスだ。

服も用意してもらったのに、もらってばかりはいられない。

「……私は専属料理人なのです。こんなにいただくわけにはいきませんよ！」

私の言葉を無視してルーフレッド様は私にネックレスをつけて、満足そうな表情を浮かべていた。

「俺が贈り物をしたい。素直に受け取ってくれたら、それでいいだろ」

「……困ります」

馬車が動き出すと手が繋がれた。これじゃあまるでデートみたいだ。

「南に向かって馬車で一時間はかかる。ゆっくりと過ごそうではないか」

「……はい」

困惑しながら答えると、ルーフレッド様が握る手の力が強くなった。

横を見ると、顔がだんだんと近づいてくる。

ルーフレッド様の親指が唇をなぞり、そのままキスをされて、私は一気に体温が上昇する。

唇をなぞっていた指が首筋に触れ、だんだんと下がっていく。鎖骨のネックレスを触ると、胸の谷間に指を入れてきた。

「ちょ……こんなところで触れないでください」

「こんなところでなければ触れさせてもらえるのか？」

「そういう問題じゃありません」

「アズサはガードが固い」

「……ご理解いただけてよかったです！」

ルーフレッド様はそれ以上、触ってこなかった。

到着して、馬車の扉が開き降りると、どこまでも続く畑が見えた。広いというのが第一印象だ。

ルーフレッド様がやってくるということで、農園の関係者が集まり出迎えてくれた。

これから収穫の時期を迎えるという、さつまいもを見学させてもらう。

私は綺麗なワンピースを着ていることも忘れて、嬉しくて土の中に入っていく。

ルーフレッド様は、躊躇しながら私の後ろをついてきた。

「一本抜いてみてもいいですか？」

「ええ、どうぞ」

立派なさつまいもが現れた。私は生なのにパクっとかじった。

「甘くてとっても美味しいです！」

「生なのでお腹を壊さないでくださいね」

「はいっ」

農園の奥さんが優しい笑みを浮かべてくれた。この美味しいさつまいもでルーフレッド様のご飯を作るのが楽しみだ。

他には茄子があったり、人参もあったりと、収穫物がたくさんあって楽しい。

「王太后が教えてくださったとおり、ここの農園は本当に美味しい野菜がたくさんあります。この食材等でお料理を作るのが楽しみです」

ルーフレッド様に伝えると、深く頷いてくれる。

「アズサがこんなに喜んでくれると思わなかった」

周りに沢山人がいるというのに、二人きりの時のような甘い言葉をかけてくれる。

農園のみなさんも恥ずかしそうにして、私たちの話を聞かないようにしてくれた。

「次からはちゃんと計画して、休みを取っていろいろなところに行ってみよう」

私はなにも答えられずに視線をそらす。次の約束なんてしてもいいのか。

こんなにも自分のことを考えてくれる人に出会ったことがなかった。

私も、この人のためになにかをしたいと心から強く思う。


いくつか収穫をすると、野菜をかごいっぱいにもらった。

「ありがとうございます！」

「どうぞ持っていってくださいませ」

ルーフレッド様は、農園のみなさんにお礼ということで金貨を渡している。

国の代表がわざわざ来てくれたことが相当嬉しいようで、みなさん瞳を輝かせていた。

私たちは、王宮に戻るために馬車に乗った。

◆

王宮の農園の収穫を一人でしていた。

ブリちゃんは今日、レディースデーらしく体調が悪いらしい。時間があれば、元気になりそうな食べ物を作って持っていこうかな。

畑には、とうもろこしが実っている。とっても、美味しそう。潰してポタージュスープにしようかな。それとも、バターソテーにするのもいいかもしれない。

集中して真剣に収穫していると、ルーフレッド様と農園に行ったことを思い出した。一緒に馬車で出かけることは初めてだったし、ずっとそばにいてくれて楽しい時間だった。

どんなに好きになっても、報われない恋なのだ。それなら、いっそのこと、元の世界に戻れたらいいのに……。

でも、戻ってしまう前になにかお礼をしたい。彼の喜ぶ顔を見たかった。

ルーフレッド様のことで、頭がいっぱいになる。

雨が降って、また水たまりに落ちないかな。

彼の姿を見ると、どうしようもない気持ちになってしまう。

諦めようと思えば思うほど、胸が締めつけられる。

ポロッと涙が落ちる。一粒流れると、次から次へとあふれてきた。

ルーフレッド様と離れたくない。でも、離れなきゃ……。

ポツポツと雫が空から落ちてきた。見上げるといつの間にか真っ暗になっている。

「え……雨？」

一気に雨足が強くなり、濡れてしまう。水たまりに落ちたいと願ったから、雨が降ってきたの？

収穫は一旦中止にして帰ろうと思って立ち上がると、王族専用の馬車が見えた。誰か外出していたようだ。頭が濡れないように頭にカゴを乗せて走っていると、馬車が近づいてきた。

「アズサ」

窓からルーフレッド様が、声をかけてきた。泣いてしまったせいで、瞳が真っ赤になっているかもしれない。私は、ルーフレッド様の声が聞こえないふりをして走り出すと、馬車から出てきて、彼が追いかけてきた。

ルーフレッド様は足が長いので、すぐに追いつかれてしまい捕まってしまう。

「濡れているじゃないか。早く温かくしないと風邪を引いてしまう」

「……っ」

言葉に詰まる私の手を引いて、馬車まで連れて行かれ、中に乗せられてしまう。

「汚れてしまいます……！」

「そんなのはどうでもいい。風邪を引かれては困るんだ」

私は、いつの間にか涙が止まっていた。


ルーフレッド様の部屋に入ると、使用人が私を拭いてくれる。

「自分でやるので、だ、大丈夫です」

「風呂に入れてやってくれ」

「かしこまりました」

私は厨房に戻りたかったのに、バスルームへと連れて行かれる。使用人は慣れた手つきで服を脱がせた。

あっという間に髪の毛も体も洗われてしまい、恥ずかしがる余裕すらなかった。

浴槽に浸かると周りを見るゆとりができる。すごく広くて床は大理石だろうか。

ルーフレッド様がいつもここで入浴をしているのだ。王子様のバスルームを借りるなんて申し訳ない。


すっかり温まってお風呂から上がり、乾いている服に着替えさせてくれた。使用人にお礼を言ってから、ルーフレッド様の部屋のリビングルームに戻ると、ソファーで寛(くつろ)いでいる。

「今日の夕食は、料理長にお願いをした」

「申し訳ありません……」

「アズサとここで食事を摂ることにする」

「ま、まさかっ。そんなわけにはいきません」

「泣いていたやつを放って置けるほど俺は冷酷人間ではない」

ピシャッと言われてしまうと、なにも言い返せなくなる。

ダイニングテーブルに腰をかけたルーフレッド様に、手招きされた。

私は、遠慮しながらも隣に座る。

ノックがして、料理が運ばれてきた。料理長はなにを作ってくれたのかと楽しみにしていると、牛肉のステーキと、牛頬肉のシチュー。鶏肉のソテーに、パンだった。

「油の多い食事だ」

苦笑いをしながら、ルーフレッド様は口に運んでいく。ナイフとフォークを使いこなし、食べている姿は美しい。

「アズサも食べろ」

「……いただきます」

あまり食べたい気分ではなかったけれど、せっかく作ってくれたので食べる。

確かに油が多い料理だ。

「油っぽい料理に嫌気がさしていた。そんな時にアズサの存在を知ったんだ。アズサの料理に出会えて俺は人生が変わったな。大げさに聞こえるかもしれないが、本当に体が楽になったんだ」

ルーフレッド様の役に立てて嬉しい。

今までは私がこの世界にトリップしてきた意味があるのかと疑問に思った時もあった。でも、こうして喜んでもらえて本当によかった。

「ごちそうさまでした」

「食べられたから、安心だな」

食事を終えたし、そろそろ帰ろう。

立ち上がろうとすると、ルーフレッド様が質問をしてくる。

「どうして、泣いていた？」

「……どうして、でしょう」

あなたを思い浮かべて、切なくなって泣いていた。……なんて、言えない。答えないでいると、ルーフレッド様は笑う。

「そんなに困った顔をするな。言えないことなんだな？」

「雇い主に秘密を作って申し訳ありません……」

「まあいい。ただ、これだけは、約束してほしい」

「なんでしょうか?」

「俺のそばから離れないこと」

こんなにまっすぐな視線を向けられると、私は頷くしかなかった。

第五章　そんなところまで、テイスティング？

「……少し休憩とするか」

執務室にいた俺は、息を細く吐き出した。ベルを鳴らすとダーウィンがすぐに入ってくる。

「ワインがほしい」

「かしこまりました」

数分でワインとチーズが運ばれてくる。ダーウィンは、すぐに頭を下げて部屋を出ていく。

休息を取りながら、アズサとの出会いを思い出す。

異世界からやってきた料理が上手な女性がいると聞いて興味を持った。

どんな料理か食べてみたくなり、ダーウィンに伝えると大反対だった。

『なにを食べさせられるかわかりませんよ。相手は異世界人なのです』

『だからこそ、口にしてみたくなる』

俺はへそ曲がりだ。反対されるほど、貫き通したくなる。

油っぽい肉料理ばかりで胃がもたれていたので、嫌気が差していた。

アズサに教えてもらうまでは、野菜は庶民が食べる物という認識だった。野菜は王宮では添えられる程度でしか出されない。

異世界人が作る料理は、油っぽくないかもしれないと期待が膨らんだ。


街の居酒屋でアズサは働いていた。アズサの姿を確認すると、見たことがない黒髪と黒い瞳だった。可愛らしい女の子だというのが第一印象。

にっこりと笑うと、こちらまでつられて笑顔になってしまいそうな不思議な魅力がある女性だった。

「ルーフレッド・シャロ・アクアムーン・ツキキレットだ。知っているかと思うが、この国の第一王子である。今日は、お前の料理を食べに来た」

声をかけると、アズサは顔を真っ赤にして、瞳を輝かせていた。

「ア……、ア……、アズサと申します。わ、わざわざ……ご足労いただき、あ、ありがとうございます」

こんな小娘が料理なんてできるのだろうかと疑った。

ところが、アズサが出した『ニョッキ』という料理が、ものすごく美味しくて衝撃が走る。

まさに、胃袋がアズサの料理に恋をした感じだった。

俺は、専属料理人になってもらうよう命令した。街人からは異世界人だというのに慕われていて、引き離すのが少々申し訳なかったが、王宮に来てもらったことを後悔していない。


アズサの作る料理は、格別に美味しい。ただ、異世界人ということで、なにか目的があってツキキレット王国に入り込んできたのかもしれないと、警戒をしていた。

王宮で働いてもらう可能性もあるからと、会いに行く前にダーウィンはアズサを下調べしてくれていた。

『例の異世界人料理人ですが、身寄りが誰一人おりませんでした。スパイという確率もかなり低いかと思います。本当に異世界から来たのかもしれません。不思議なこともあるのですね』

そのような報告を聞いていたので安心していたが、俺はアズサが王宮で働くようになってからも注意深く彼女を観察していた。

普段は明るくていい子。しかし、食に対する思いが強く、特に栄養については気になるらしく情熱的に伝えてくる。その真剣な姿に好感をもった。

実際にアズサの作ってくれた料理を食べてから体調がいい。

胃が痛むことが減り、体が軽くなった。


騎士団の食事管理を頼んだこともあるが、仕事が早くて驚いた。一部の騎士らがアズサを敵対視していると噂があるのは耳にしていた。

アズサが嫌な言葉を浴びせられているのも知っていたが、あえて栄養管理を任せた。彼女は我が国に受け入れられるべき存在だと思っていたのだ。

騎士団の会食会では、アズサが考えて作った料理が大好評で、騎士らの警戒もかなり解けたようだった。しまいには、アズサの考えた献立は大絶賛され騎士団はアズサを称賛し始めた。少しずつ受け入れられていく姿を見ていると俺まで嬉しい気持ちになっていた。


王太后に料理を運んでくれた時も、度肝(どぎも)を抜かれた。どんな人にも厳しい王太后と親しげに話す人を見たことがない。

孫の俺にすらあまり笑みを向けないのだ。自分にそっくりだと思っていて、親近感を覚える人物でもある。

アズサは、人の心を開かせる才能があるのだろう。

次第に俺は彼女のことを考える時間が多くなり、アズサが自分の胸を支配する存在だと気がついてしまった。

難しいことが多い恋かもしれないが、だからこそ、貫き通したい。

アズサともっと近づきたいが、キスをしてからあからさまに避けられている。

最近では、風邪を引いていると言って夜食を運びに来てくれなくなった。

会いたい時に会えないのがこんなにも辛く、悲しいと思わなかった。

このまま会えなくなるのは耐えられないと思い、アズサの部屋に押しかけてしまった。

しかし、彼女の心は俺になびくことなく壁を作るのだ。俺に対して特別な感情がないのだろうか？

雨の日に畑で泣いていたアズサがいた。すぐに馬車に乗せて自分の部屋まで連れて行ったが、元気がない感じがした。

もしかして、ここを出ていこうとしていないだろうか？　どうか、この勘が当たらないでくれることを願う。

アズサの身も心も欲しいが、どうすれば手に入るのだろう。

ノックが鳴り返事をすると、ダーウィンが入ってくる。

「カップを下げに参りました」

俺は、ダーウィンに視線を向けた。

「アズサはなにをしている？」

気になってしまい一日に何度もアズサの様子を確認するのが日課になっていた。

そのたびにダーウィンは、眉間にしわを寄せて嫌な顔をする。

「執務に集中してください」

「している。ただ、気になるだけだ。質問をしてなにが悪い」

俺がムッとすると、ダーウィンは意を決したように口を開いた。

「アズサさんとルーフレッド様は生きる世界が違います。ルーフレッド様には、ふさわしい女性と……」

ダーウィンの言葉を遮った。

「下がれ」

ダーウィンは気心知れた信頼する人間であるため、多少の意見は許している。しかし、アズサのことには、口出しされたくなかった。

女性に対してこんな気持ちになったことはなくて、この心を大切にしたいと強く望んでいた。誰になにを言われても揺るがないだろう。

「彼女は、いつか元の世界に戻ってしまうかもしれません」

ダーウィンは、俺が一番気にしていることを言う。もしも、この世からアズサが消えてしまったら、生きていけないかもしれない。ただ、アズサは異世界人なのでいなくなってしまうことも充分に考えられる。それでも、俺はアズサを愛し続けられると思う。

「それに身分差がございます」

「そんなの関係ない。くだらないことを言うな」

「大事な問題です。国王陛下を早く安心させていただけませんか？」

跡取りを作れと言いたいのだろう。センシャン王国の王女との縁談もあったが断ったこともあり、ダーウィンはあえて忠告したようだ。

国王陛下は、息子である俺が結婚をしないので頭を悩ませている。

親不孝者で申し訳ないが、どうしても頭の中からアズサが抜けなかった。

自分の気持ちは国王陛下にはまだ伝えていないが、近々言うつもりである。

「アズサさんは、葡萄酒（ぶどうしゅ）のテイスティングをしています」

「なんだって？」

アズサは、アルコールが苦手だと話していた。自分と二人でいる時も、ワインを口にしたところを見たことがない。

「今すぐにでも、テイスティングは他の者に代わってもらうべきだ」

「……ルーフレッド様っ！」

いてもたってもいられなくなり、勢いよく立ち上がった。

厨房へ向かうと、ダーウィンは慌てて後ろをついてくる。

「お待ちください！」

「アズサはアルコールが苦手なのだ。飲んで具合が悪くなったらどうするつもりだ⁉」

あまりにも強い口調で言うので、ダーウィンは黙り込んだ。

俺とダーウィンの後ろを護衛が慌ててついてくる。アズサのこととなると、俺は他のことが目に入らなくなっていた。


厨房の隣にあるワインセラーに入ると、葡萄酒製造をしているサラティスという若い青年とアズサが二人きりだった。アズサに葡萄酒を勧めている。

「こちらは甘みが少ないです」

「……な、なるほど」

アズサは酔っ払っているのか、顔が真っ赤だ。慌てて彼女に近づいて、自分の腕の中に抱き寄せる。サラティスは、突然の第一王子の登場に目を大きく見開く。普段は、ワインセラーなんかに王族が登場することはない。

「こ、これはルーフレッド様！」

サラティスは膝をついて頭を下げた。

「……ルーフレッド様？」

アズサも俺が突然現れたことにびっくりしているようだ。

自分の腕の中にいる彼女は体が熱くなっている。

アルコールのせいで相当火照ってしまっているのだろう。

「お前はレディを酔わせてなにをするつもりだ！」

「そ、そんな、味を見てもらっていただけなのですが……」

「ルーフレッド様に美味しいと思っていただける葡萄酒を選ぼうと思っていたのですが、少々酔っ払ってしまいました……。サラティスさんは、悪くありませんっ」

アズサが頬をピンク色に染めて俺を見つめる。妙な気持ちになってしまい咳払いをした。

「とにかくこれ以上彼女にテイスティングをさせると危険だ。他の者に味見を任せるとしよう」

アズサを横抱きにした。

「わっ」

持ち上げられた彼女は降ろしてくれと抗議するが、無視。

「彼女はこれ以上ここにいては危険だ。一度休憩してもらうことにする」

お姫様抱っこしたまま、アズサを自分の部屋へと運んだ。


自分の部屋に到着すると、使用人に冷たい水を持って来させた。

「俺が呼ぶまで他に人を入れないように」

「かしこまりました」

アズサをベッドの上に寝かせる。

「ルーフレッド様……多少酔っ払っておりますが……まだ意識もありますし……らいろうぶでしゅ」

ろれつが回っていない。心配でたまらなくなり、ベッドに腰をかけてアズサの上半身を起こして体重を自分にかけさせた。

「水を飲んだほうがいい」

コップ彼女の口元に近づけて飲ませてやる。

ゴクゴクと喉を鳴らして美味しそうに飲んでいた。

ベッドに横に寝かせてやると、アズサは、眉間にしわを寄せて苦しそうにしている。

「はぁ……はぁ……暑いです……ね」

呼吸が荒い。アルコールのせいで体温が上がっているのだろう。厚地の布のワンピースにエプロン姿だと眠りづらそうだと思い、エプロンの紐に手をかける。

「……ルーフレッド様」

「今、楽にしてやる」

「は……はい……」

胸を上下させているアズサのことが心配でたまらない。

俺は無我夢中で紐をほどいて、エプロンを脱がせた。

幾分、楽そうになったが、まだ辛そうだ。

ワンピースも脱がせてやろう。でも、どうやって……。

「はぁ……、暑い……」

可哀想だ。スカートをめくりあげると、白い太ももが目に入り、ゴクリと唾を飲んでしまった。久しぶりに女体を見て興奮してしまう。

いかん、いかん。苦しんでいるのだから変な気を起こしてはいけない。

見たことがない下着が見える。日本製の物だろうか。

「ルーフレッド様……、や、やめてくださいっ……」

「脱がないと暑いだろ」

「でも、恥ずかしい……ですっ」

潤んだ瞳で見つめられると、どうしたらいいかわからなくなる。

困った。可愛すぎる。

ワンピースを持ち上げて、アズサに両手を挙げさせて脱がせた。

「いやっ」

「涼しくなる」

見たことがない乳当てをしている。色っぽいな。

あまり見てはいけないと思うが、豊満な胸に視線が釘付けになってしまう。

アズサは自分の腕をクロスさせて胸を隠そうとするが、俺は反射的に彼女の手首をつかんだ。

「……あんまり見ないでください」

耳が熱くなってきて、自分の体に異変が起きていることに気がついた。

落ち着けと何度も心の中で言い聞かせるが、手が勝手に動く。アズサの肩に手を置いた。

それだけでピクっと反応する。

「……ルーフレッド様」

きめ細かい素肌に触れると、必死で抑えていた感情が一気にあふれだしてしまった。

アズサの唇を、食べてしまうかと思うほどの勢いでキスをする。

唇を割って舌を差し込み絡め合わせた。

ピチャピチャとキスの濡れた音が響く――。

顔を背けようとする彼女の両頬を押さえ込み、強引な口づけを重ねた。

抵抗しなくなったのを確認すると、アズサの耳たぶを舐める。

「んっ……ぁ……嫌っ……っ」

悩ましいアズサの吐息を聞くと、興奮して歯止めがかからない。

どうしてこんなにも愛おしいのだろう。

耳から首筋へとキスを降ろしていく。チュッチュと吸い上げると、体を震わせる。

「ルーフレッド様、本当に……いけません……って」

「なぜ?」

「……そ、それは」

アズサの瞳には動揺の色が浮かぶ。

自分以外の誰かに恋をしているのだろうか?

その相手は誰だ。絶対に許さない。始末してしまいたくなってしまう。

鎖骨に舌を這わせると、くすぐったいのか全身に鳥肌が立っている。彼女の肌はどんな極上のスイーツよりも甘くて美味しい。

「愛している」

自分の気持ちに嘘をつくことができず、つい本心が口からポロッと出てしまった。

アズサはアルコールのせいでぼんやりしていて、俺の言葉を信じられないというような表情をした。

「……ま、まさか」

「本当だ」

アズサの胸を覆い隠している下着を外そうと試みる。背中に留め具がついていてそれを外すと、簡単に取れてしまった。胸の先端がピンク色になっており、思ったよりも大きく膨らんでいて、何時間でも眺めていられそうなほどとても魅力的だ。

「この下着は日本製のものか？」

「は、はい。ブラジャーといいます……。なにかあった時のためにといつも下着セットは二組リュックサックに入れてあるんです。ほ、ほら、調理場って暑いので汗をかいちゃうので……。汚れたほうは洗って乾かして、使っていたのですが……。もう一組欲しいなって思いますね……。って、私、なにを説明しているのでしょうか……」

「そうか。今度作らせてみよう」

「ぜひともお願いします。女性は喜ぶと思います……」

「男もな？」

「……ど、どういう意味ですか？」

顔を真っ赤にしていて恥ずかしがっている姿がたまらない。

ブラジャーというものを至急、作らせよう。

アズサの希望することならなんでも叶えてやりたい。

胸の膨らみを手のひらで包み込む。この世のものとは思えないほど柔らかい。しかし弾力があり揉みごたえがある。好みの大きさよりも少々小さいがこれはこれで可愛い。

「はっ……んっ」

いちいち反応が可愛い。胸の先端が色濃くなってきた。指先で弾くと、体を震わせている。初心な反応でたまらない。

「あぁ……あの……っ」

俺の手をつかんで離そうとするが、力が入らないようだ。

両方の胸を同時に揉みしだくと、アズサは体をピンク色に染めていた。

「お願いします……もう、勘弁してください……っ」

懇願の声を出されるが聞こえないふりをする。揉みながら右側の胸の先端をつまんだ。

「いやぁっんっ」

おそらく、経験をしたことがないのだろう。未知の世界で怖いのかもしれない。

「怖がることはない。俺がたっぷりと快楽を与えてやる」

「夕食の準備もございます！」

「まずは、アズサを食べることが最優先だ」

◆

ルーフレッド様が自分の服を脱ぎはじめた。

どうするつもりなの？

恋愛小説や漫画でキスのその先を読んだことはあるけど、どうやって対応したらいいのか、わからない。

逃げたらいいのに、お酒のせいで体が動かないいんですけどぉ！

このまま、ルーフレッド様に抱かれてしまうっ。

やばいっ……。

避妊具（ひにんぐ）とかあるのかな？　赤ちゃん、出来ちゃう!!

「アズサ」

裸になったルーフレッド様を見ると、腹筋が割れていて美しい体をされている。まるで、彫刻みたい。って、見惚れている場合じゃない。

全力で止めなければぁぁ!!

男性の象徴が目に入った。お父さん以外のモノを初めて見てしまった。

うおぉ、立派すぎる……。外国人だから？　すっごい。目のやり場に困ってしまう。

「ルーフレッド様、落ち着いてください……」

「アズサの身も心も欲しい。俺の真剣な気持ちをわかってくれ」

再び唇を塞がれた。

キスをしながら、ルーフレッド様は私の胸を形が変わるほど揉みしだく。

恥ずかしさと、切なさと、わけがわからない感情になった。

私の胸の先端に舌を這わす。

ざらついた舌がまとわりついてなんとも言えない快楽に襲われる。

テイスティングをしていただけなのに、まさか、ルーフレッド様の部屋でこんなことをされると思ってもいなかった。

舐めるのをやめたと思えば、ルーフレッド様は私の胸の上に手を置いた。

「アズサの心臓の鼓動、速いな。俺も同じぐらいドキドキしている」

私の手を取るとルーフレッド様は自らの胸板に手のひらをくっつける。本当に私と同じように心臓が激しく動いている。

私のような魅力がなくて、子供っぽい体つきでも興奮してくれているのだろうか？

ルーフレッド様は、私を組み敷くと胸の先端を丁寧に舐める。

長い舌に翻弄(ほんろう)されて、体が蕩けていきそうになった。このまま舐められていたら、本当に溶けてしまいそう……。

「あっ……んっ……あぁっんっ……」

ついつい自分の口から甘い声が出る。

こんな大人っぽい声が出るなんて知らなかった。

ルーフレッド様が私の体を舐めるたび、弾かれたように喘いでしまう。

甲高い声を出すと、彼が嬉しそうに再び刺激を与えてくれた。

胸を舐めていた唇がおへそまで降りてくる。腰の辺りがゾクゾクして勝手に動いてしまう。

「だんだんと気持ちよくなってきたか？」

「わ、わかりません！」

「腰がくねくねと動いているが？」

勝ち誇ったような笑みを浮かべられると、なにも言い返せなくなる。マッサージを受けているようで、恥ずかしいけれどとても気持ちがいい。

「もう、……あんっ……」

おへその中に舌を差し込んできて舐められると、腰が抜けそうになってしまった。

足の間が熱くなってきて太ももを擦り合わせる。

「んっ……舐めないでください……っ」

私はルーフレッド様のブロンドヘアーに手を差し込んで動きを止めようとするが、やめてくれる気配がない。

そのまま快楽に負けて、力が抜けてしまう。腕がだらんとベッドの上に落ちた。

ルーフレッド様は、私の太ももに唇をつけてきた。唇に触れられた場所は火がついたように熱くなる。太ももから膝へと唇が移動する。

「はぁ……んっ………ルーフレッド様……っ」

どこまで続けるつもりなのだろう。

本当に抵抗しないと、取り返しのつかないことになるかもしれない。

私の足を大きく広げて、ルーフレッド様が太ももの間に入り込んでくる。

驚いて閉じようとしたが、もうすでに遅かった。

下着の上から人差し指でなぞられると、蜜があふれてくる感覚に動揺しまくってしまう。

「……な、なんか、漏れそうです!!」

「感じると濡れてくるのだ。心配はいらない」

「……そ、そうなんですね」

ルーフレッド様は、躊躇することなく、私の下着を脱がせてしまう。足を閉じようとするが抑えられて動かせない。

「いやっ……、お願いします、これ以上は本当に勘弁してください」

私が必死で抵抗するが、ルーフレッド様は聞く耳を持たない。人様に見られたことのない大切なところを晒しているなんて、泣いてしまいそうなほど恥ずかしい。

「ルーフレッド様……」

「怖がることはない。体の力を抜いていれば大丈夫だ」

そういう問題じゃなくて、一つになってしまうのはリスクが大きい。もしも、赤ちゃんができてしまったらどうするつもりなの？

私だって、ルーフレッド様のことが大好きだ。でも、素直に好きになってはいけない。それは彼もわかっていることだと思う。

ルーフレッド様は、私の足の間に顔を近づけてきた。

花びらを指で開かれると、空気に触れてブルッとする。

濡れているせいでぬちゅっと音がした。

じっくりと観察されている。

見つめられるだけで、お腹の底から熱が湧き上がり、蜂蜜のような、どろっとした液体があふれてくる。

こんな恥ずかしいの……耐えられないってばぁ！

「……美味しそうだ」

「美味しいわけ、ないじゃないですか！　もっと美味しいご飯を作るので、なんとか解放してくださいっ」

私の言葉なんてまるで耳に入っていない。

ルーフレッド様は口を開くと長い舌を伸ばしてきた。

まさか舐めるつもりではないだろうかと思った次の瞬間、花びらをねっとりと舐め始めた。

「ひゃっ……！」

電流が流れるような激しい快楽に逃げてしまいたくなったが、がっちりと腰を抑えられていて動けない。

「は……う……んっ」

ぴちゃぴちゃと音を立てて舐めると、敏感な粒はだんだんと硬くなっていく。ルーフレッド様は舌先を硬くして刺激を与えてきた。

あまりにも気持ちがよくてなにも考えられなくなる。

「あぁんっ……あっ……んっ……」

声を我慢しようと思うのに、喘いでしまう。

「あっ……ん……っ」

これ以上続けられたら、どうなってしまうの？

「はぁ……んっ……あっ…、それ以上しちゃ……おかしくなっちゃいそうですっ」

「いいんだ。ほらもっと体の力を抜いて、これを我慢すれば快楽を味わうことができるから」

敏感な粒をちゅっ、ちゅっと吸われると、私のお腹の中に溜まっていた熱が一気に弾けた。

次の瞬間、考えられないほどの快楽に包まれる。

「あっ……」

頭が真っ白になり目の前がチカチカして、呼吸が乱れた。

こんな快楽を経験したことはない。体が壊れてしまうかもしれないと思った。

呼吸が落ち着いてきて目をそっと開けると、ルーフレッド様が慈愛に満ちた瞳で私を見つめている。こんな優しい瞳をしているのを見たことがなかった。

「絶頂を迎えたようだな？」

「……これが、噂の……」

恋愛小説読んでいた、ロマンチックなシーンを思い出す。

愛し合う男女が一糸まとわぬ姿で抱き合い、とろけてしまいそうなほどの快楽を味わう素敵な行為だ。ただ、私とルーフレッド様は、結ばれてはいけない関係……。

「アズサが欲しい」

ルーフレッド様が切なそうな声でつぶやくと、私を強く抱きしめた。

「待ってください……、わ、私……」

必死でもがくと、ルーフレッド様は手を離してくれる。

「混乱させて悪かった。今すぐ迫るつもりはない。アズサがいいと言うまで待つから」

抱きしめているだけで、ルーフレッド様はそれ以上のことはしてこなかった。

第六章　心こそ大切なのです

気がつけば朝になっていた。

目が覚めると、ルーフレッド様のベッドの上だった。夜はぐっすりと眠っていたらしく、

……ルーフレッド様に、体のすべてを見られてしまったのだ。快楽を思い出すと、全身に火がついたように熱くなる。

「おはよう」

「おはようございます。昨日は倒れてしまい申し訳ありませんでした」

ベッドから抜け出そうとすると、手首をつかまれて押し倒される。

私の上に来たルーフレッド様が、真剣な眼差しを向けてきた。

あまりにも美しいブルーダイヤモンドの瞳だ。

「そんなに他人行儀にすることないじゃないか。俺の気持ちはもう知っているだろう」

「……あの、でもっ」

言葉を発しようとすると唇をキスで塞がれる。

朝から情熱的なキスをされたら、血圧が上がって歩けなくなってしまいそうだった。

「アズサと一緒にいたいだけだ。それのなにが悪い？」

なにが悪いと言われればわからない。

こんなに、まっすぐに愛情を伝えてくれているのに、向き合わないほうが失礼な気がする。

でも、きっと……異世界人ということで物珍しいだけなのかも。

本当に愛があるわけじゃないと思う。

ルーフレッド様は、レデリーヌ王女がいるのだから……。

ワインのテイスティングで酔っ払っていたとはいえ、ルーフレッド様の浮気相手になってしまったことは、許されない。

「まずは朝ご飯を作ってきますから、離してください」

「……二人の未来について話をしたいが、公務がある。夜にでもゆっくりと語ろう」

ルーフレッド様は仕方がなく私を解放してくれた。

語るって、な、なにを？

俺の愛人にならないかとか言いそう。

ここって、一夫多妻制なのかな？

「アズサちゃん、大丈夫？　テイスティングで酔っ払ってしまったんだってね」

厨房に向かうと、ブリちゃんが近づいてくる。

他の調理師も私とブリちゃんの話を心配そうに聞いてくれた。お酒が弱いということを厨房のメンバーにはそんなに言ってなかったのも悪かったよね……。反省。

私が担当する王子様の飲むドリンクなので、自分でやりたかったというのもあるが、かなりたくさん味見を勧められて大変だった。次からは他の人にお願いしなきゃ。

「昨日のルーフレッド様の食事は急遽料理長が作ったの」

「そうだったのね」

昨夜は体を溶かされるような甘い時間を過ごしていた。

そんなことは誰にも言えない秘密。墓場まで持っていかないと……。

私はニコライド料理長に近づいて頭を下げた。

「昨夜は申し訳ありませんでした」

腕を組んで睨みつけられる。

「頻繁に倒れられたら困るから、次からは違う人に頼むんだな！」

「了解しました」

「自分の管理もできないやつが、ルーフレッド様の食事を作らせてもらうなんて百年早いんだよ！」

「申し訳ありませんでした」

朝から怒られてしまった。

無理をしなければ、ルーフレッド様と昨日のひとときを過ごすこともなかった。

本当に反省することばっかり。

まずは朝食の準備をしよう。メニューを考えるために私は食料庫へと向かった。

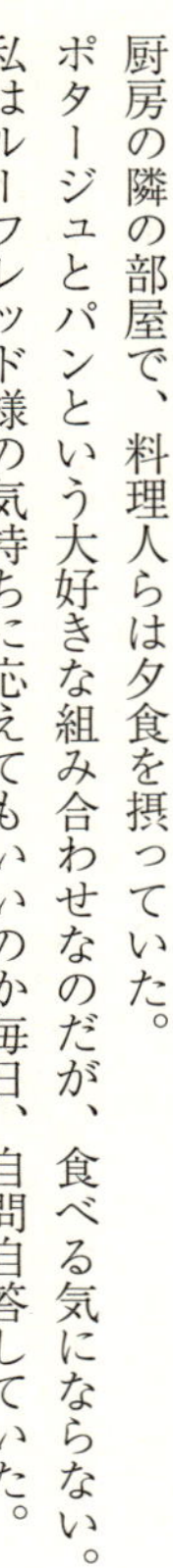

厨房の隣の部屋で、料理人らは夕食を摂っていた。

ポタージュとパンという大好きな組み合わせなのだが、食べる気にならない。

私はルーフレッド様の気持ちに応えてもいいのか毎日、自問自答していた。

相手は王子様である。普通に考えて許されない相手なのだ。

しかも、私は異世界人。いつ、日本に戻ってしまうかわからない。

考えていると胸がいっぱいになって食欲がなくなってしまう。

「アズサちゃん、大丈夫？」

「あ、うん……」

「いつもいっぱい食べるのに、全然食べてないじゃない」

ブリちゃんが心配して声をかけてくれる。

彼女の言うとおり、私はどんな時でも食欲がある。

熱があっても食べることはできていたのに、それほど思い悩んでいた。


食事を終えて自分の部屋に戻ってぼんやりする。

ここを出ていこう。

きっと、ルーフレッド様の近くにいたら、もっと好きな気持ちが膨らむ。最後に……ルーフレッド様になにか恩返しをしたい。

コンコン――。

ノックが鳴り、ドアを開けるとルーフレッド様が立っている。部屋に入れないわけにいかないので、中に招き入れた。

「ほとんど夕食を食べていないと聞いた。どこか調子でも悪いのか？」

「……元気です。ちょっと太ってきちゃったのでダイエットですよ」

元気なふりをすると、バレバレのようで睨まれてしまう。

「心配でたまらない。俺がそばにいてやるから、少しでもなにか食べてくれないか？」

過保護な発言に、つい笑ってしまう。

「ルーフレッド様、子供じゃないのですからそんなに心配しないでください。ルーフレッド様のキャラに合いませんよ」

「アズサ……」

長い手が伸びてきて抱きしめてくれる。

元の世界に戻っても、こんなに好きな人には出会えないような気がする。

ずっと側にいて、素直にルーフレッド様を愛してもいいのではないかと思ってしまう。

そんな身勝手な考えが許されるのだろうか。

レデリーヌ王女との結婚の話も進んでいるはずだから、私は身を引くべきだと思う。

でも、好きだ。とっても大好きなの。

この気持ち……、どうしたら……いいの？

◆

十一月十八日。

ルーフレッド様の誕生日があと一週間後にやってくる。彼の誕生日を盛大にお祝いしたい。毎年、王宮では、ルーフレッド様の誕生日会が盛大に行われるらしい。

国内外のお客様をお呼びし、晩餐会が開かれるそうだ。

私は、いつもお世話になっているルーフレッド様に特別な料理を作りたいと計画をしていた。そして、その後……専属料理人を辞めようと思っている。苦しかったけれど、悩んで出した答えだった。

ランチを終えた後、厨房のメンバーで集まり、ルーフレッド様の誕生会のレシピについて意見を出し合う。

「コース料理がいいのではないですか？」

「ただお客様が大勢いらっしゃるので、同時に料理を運ぶというのは難しいかと思う」

ニコライド料理長の言う通りだと思った。

そうなるとやはり大皿料理が適切だ。

「アズサちゃん、いつもは食べたことがないような料理をお出しするのはどうかしら？」

ブリちゃんが意見を出すと、全員が深く頷いていた。やっぱり特別メニューを考えるのがベストだ。専属料理人として腕の見せどころなので、頑張ろう。

それからというもの私はどんな料理を作ればいいかずっと考えていた。気合いが入りすぎて煮詰まってしまう。

料理のアイディアを考えるため、街へ外出することになった。久しぶりにハーキムさんとステイシーさんとハンナちゃんに会いに行こう。

居酒屋を経営している彼らと話をしたらなにかいいヒントを得られるかもしれない。

外出許可を取ると私は徒歩で街へと向かった。


街に到着すると、相変わらず建物が密集していて、埃っぽい。けれど懐かしくて故郷に戻ってきたような気持ちになった。みんな元気で過ごしているのだろうか。

ハーキムさんが営んでいる居酒屋に行くと、店内はお客さんで賑わっていた。

中に入ると常連さんらが私に気がついてくれる。

「アズサ!」

「お久しぶりです!」

「ハーキムさん、アズサがやってきたぞ」

お客さんが声を張り上げてハーキムさんを呼んでくれると、ハンナちゃんが走ってやってきた。

「アズサしゃーん」

「ハンナちゃん」

私はしゃがんでハンナちゃんを抱きしめる。

奥からやってきたステイシーさんは、お腹がふっくらとしていた。

「ステイシーさん、ご無沙汰(ぶさた)しています！」

「あら、アズサさんじゃないの！」

満面の笑みを浮かべて抱きしめてくれる。

「ステイシーさん、赤ちゃんがいるのですか？」

「そうなの。アズサさんがいなくなってすぐに気がついたのよ」

「おめでとうございます！」

「ありがとう」

少し遅れてハーキムさんがやってきた。

「アズサ！　どうした、王子様の専属料理人が辛くなったか？」

「いえ、相談があってやってきました」

「そうか。ちょっと落ち着くまで待っていてくれないか？」

「はい」

常連さんらが、久しぶりに私の料理を食べたいと言ってくれたので、ハーキムさんの許可を得て厨房に立たせてもらった。

料理を作りながら、考える。

異世界に来たのが七ヶ月前――。

ハーキムさん一家に救ってもらえなかったら、今頃どうなっていたのだろう。

料理人として働いていなかったかもしれない。

元の世界にいたとしても、私は夢を叶えてシェフになっていたのだろうか？

出来上がった洋風の卵焼きを作って振る舞うと、みなさん喜んで食べてくれる。

相変わらず昼間からワインやエールを飲んで楽しそうにしていた。

この雰囲気が懐かしい。専属料理人を辞めたらここに戻ってきてもいい？

そんな甘い考えは許されないよね。自分の力で生きていかないと……。


夕方になり常連さんが帰って行く。

暗くなる前に王宮に帰ろうと思ったが、日中は仕事で忙しくて話ができなかった。

「アズサさえよければ、泊まっていけばいいだろ」

ハーキムさんが言うと、ステイシーさんも頷いた。

「暗くなると危ないし」

私は二日間、外出の許可を得ているので戻らなくても問題はない。

今日は、料理長がルーフレッド様の夕食を作ってくれることになっていた。

「じゃあお言葉に甘えさせてもらって、泊めていただきます」

お腹の大きいステイシーさんは、動くのが大変そうだ。

今夜は、私が夕食を作ってあげたい。

久しぶりにハーキムさん一家におもてなしをしたくなり、里帰りして親孝行をするような気持ちで申し出ると、ステイシーさんは喜んでくれた。

野菜たっぷりのトマトスープと、さつまいもを潰してペースト状にした栗きんとんに似たものを作った。

「いただきまーす」

ハンナちゃんが勢いよく食べ始めてくれる。

「美味しい！」

しばらく会ってない間に、ハンナちゃんがすごく成長していた。

ハーキムさんも、ステイシーさんも本当に美味しいと喜んでくれる。

「アズサ、料理の腕を上げたな。さすが王子様の専属料理人だ」

「ありがとうございます」

「それに、綺麗になったんじゃない？　王宮に素敵な人がいるのかしら？」

「え？」

「恋する乙女の顔をしているわ」

ステイシーさんが私の様子を窺ってくるように見つめてくる。

頭に浮かんだのはルーフレッド様だ。

私は、間違いなくルーフレッド様に思いを寄せている。けれど、バッドエンドなのです。

誕生日が終わったら辞表を出すつもりだけれど、今は黙っておこう。

私はステイシーさんの質問に笑って誤魔化した。

「実は相談があったんですが、王子様の誕生日を記念して晩餐会があるんです。いつにも増して立派な料理を作ろうと思ったんですが、考えすぎて煮詰まってしまって……。お二人になにかいい考えがないかなと思い、聞きに来ました」

「そういうことだったか」

「はい……」

ハーキムさんは、料理を食べながら料理について熱く語ってくれる。

「専属料理人であるアズサが真剣に考えて作ってくれた料理だったら嬉しいのではないか？　料理は食べてくれる人の顔を思い浮かべながら心を込めて作る。その原点を忘れなければきっとどんな料理を考えても大成功すると思うぞ」

「……そうですよね」

大事なことを忘れていたかもしれない。心が大切なのだ。

「王子様の一番そばにいるのはアズサだ。きっとルーフレッド様がどんなものがお好みかわかっているはずだぞ」

油っぽいのがあまり好きではなくて、野菜も喜んで食べてくれる。

お肉は必ず食べられるが、焼いたものよりも煮たほうが好みなようだ。

美味しいと喜んでくれるルーフレッド様のことを思い出すと、無性に会いたくなってしまった。

「ハーキムさん、ありがとうございます！」

「ああ、いい表情になった」

もう一度、王宮に戻ったらメニューを考えてみよう。

久しぶりに会ったハーキムさんと、ステイシーさんと語り合うことができて本当によかった。


次の日の朝になり、私は王宮に戻る準備をしていると、ステイシーさんが小さな石を持たせてくれた。

「これは？」

「お守りよ。道中、気をつけて帰ってね」

「ありがとうございます！」

私は石を握りしめた。ステイシーさんって本当にいい人。やっぱり、天使！

「またいつでもおいでね」

「はい。次来るときは赤ちゃんがもう一人増えていますね」

「ええ、会いに来て」

「アズサ、頑張れよ！」

「はい」

にっこりと笑うと、ハーキムさんも白い歯を見せて笑みを浮かべた。

「ハンナちゃん、またね」

「アズサしゃん、また遊ぼうね」

手を振りながら私は歩いていく。


私は、街も王宮も含めてツキキレット王国が大好きだ。

ずっとこの国で生活を続けたいと思う。

元の世界も、テレビとか漫画とか楽しいこともいっぱいあったけれど、ここが好き。人も空気も雰囲気も、私の肌にとっても合っている気がする。

私はルーフレッド様に出会い、一緒に過ごすうちに恋に落ちてしまった。どんなことが起きても、彼のそばにいたい。そう思うけれど、ルーフレッド様はレデリーヌ王女と結婚をするのだ。

祝福したい気持ちはあるが、私はきっと耐えられない。だから、王宮を出ていくことにした。

身勝手な自分を許してください……。

誕生日の料理に今までの感謝の気持ちを詰め込んで作ろう。

「頑張るぞ」

気合を入れて早足になる。

街を抜けて狭い道に入った。人がだんだんといなくなり、少し心細くなったが、私のテンションは上がり気味だ。急いで王宮に戻ってレシピをまとめたい!!

さつまいもを使おうとか、煮込み料理をメインにしようとか、アイディアが頭にどんどん浮かぶ。

そんな時だった——。

「んーっ」

突然、何者かに口を押さえつけられる。背後から体を羽交い締めにされ動けない。

なにが起こったのかわからなくて、パニック状態。

え……、な、なに?

手足をばたつかせるが、抵抗虚しく数名の男の人に抱えられ、馬車に押し込まれた。

「助けてー！　んっ」

大声を出すと手で口を抑えられる。顔だけでも覚えておこうと思って視線を向けると、若い男が三人。

　顔は布で覆い隠していて目元しか見えない。黒い上着にズボンというういかにも悪そうな人って感じだ。睨みつけると、ナイフを顔に近づけられた。

「ひぃぃ……」

「大人しくしろ」

　手足を縛られて、目隠しをされてしまう。なにも見えなくなると、不安になって冷や汗が流れ始めた。震える体を落ち着かせるように深呼吸をする。心臓がバフバフして息苦しい。

「……あなた達は、誰ですか？　こ、こんなことをするなんて卑怯ですよ！」

　強い口調で言うと、髪の毛を引っ張られる。

「痛いっ」

「おい、乱暴をするのはやめろ。商品価値が減るかもしれないだろう」

「そうだな」

　馬車が動き出すのがわかった。どこに連れて行かれるのだろう。不安でたまらなくて指先が冷たくなっていく。商品がなんだかと言っていたが、もしかして私をどこかに売るつもり？　あ、ありえないんですけど！

「せ、せめて……どこに連れて行くのか、教えてください」

「うるせぇな。少し黙っていろ！」

「……こ、こんなの誘拐じゃないですかっ」

「ああ、そうだ」

私なんかを誘拐してなにかメリットがあるのだろうか。考えてもわからない。焼いて食べても美味しくないと思う。もしかして、性奴隷にされちゃうとか？　バージンなのに、そんなの嫌だよぉ……。って、そういう問題じゃない。命は助かる？

「これから仕事があるんです！」

「俺らには、そんなこと関係ない」

「私をどうするつもりですか？　高く売れないと思いますけど……」

「お前、異世界人らしいな？」

「それだけで、高く売れそうだぜ」

やはり彼らは人身売買をしようとしているのだ。

恐ろしくなってしまい心臓が苦しくなる。売られた先でどんな扱いを受けるのか、想像がつかない。ルーフレッド様……、怖いよ……。助けて……。

「……ど、どこに売るつもりですか！　それだけでも教えてくださいっ」

「人が必要な国はいろいろある。俺らもお前がどこに売られるかわからないが、依頼があって以前から狙っていた」

「一人で出歩くとは、大馬鹿だ」

クスクスと薄気味悪い笑い方をする。

「お前を邪魔に思っている人間がいるんだよ」

「えっ？」

ツキキレット王国には、そんなに悪い人はいないように思っていた。

騎士団とも仲よくなれたんだからぁ!!

一体、誰が私をこんな目に遭わせようと企んだのだろう。

「とにかく、離して！」

「あぁ、うるせぇな」

「気絶させておくか？」

みぞおちあたりをグーで殴られ、私は意識を失った。


――ここはどこ？　真っ暗でなにも見えない。

盗賊に誘拐されて、お腹を殴られて……私、今度こそ死んじゃった？

そんなの嫌。

死ぬなら……ルーフレッド様にちゃんと好きだという気持ちを伝えたかった。

「もうすぐ来ると思うぞ」

別の部屋から男性の話し声が聞こえ、耳を澄ます。

「いくらで買ってくれるか。一年は遊んで暮らせるかもしれないな」

「十年、いけるかもしれないぜ？　だって、異世界人だからな！」

さっきの男らの声だ。どうやらまだ命はあるらしい。私って意外としぶといかも。

寝たふりをしているべきか。それとも、どうにかして逃げ出す方法はないかな。

目隠しされ、両手足を縛られているから身動きができない。

呼吸ができるように口は閉じられていなかった。あぁ……生き地獄だ。

……困ったよ。絶体絶命かもしれない。

このまま売り飛ばされてツキキレット王国を離れちゃうのかな。

最後に一目でいいから、ルーフレッド様に会いたかった。

キィと扉が開いた音が聞こえると、慌ただしくなる。

売買する相手が現れたのかもしれない。恐怖で体が震えた。

「どうも、お疲れ様です」

ボスでも来たのだろうか？

集中して聞いていると、聞き覚えのある女性の声が聞こえた。

「獲物は確保できたのかしら？」

え、誰？　とりあえず、眠ったふりをしておこう。

「ちゃんと、生きているの？」

「気絶させているだけなので」

「……ま、死んでもいいんだけどね」

な、なんとおそろしいことを言うの⁉

むかぁ～！

絶対に生き延びてやる。

目隠しが乱暴に外され、思わず瞳を開いてしまった。

目が合ったのは、レデリーヌ王女‼

うっそ、信じられない！

美しくて華奢な彼女が、こんなに悪い人たちとグルだったなんて……。間違いであってほしい‼

私はきっと、顔がひきつっているだろう。思いっきり睨みつけられる。

一体、私がなにをしたというの。

だって、レデリーヌ王女ならお金に困っていないでしょ？

「……ルーフレッド様に少し気に入られているからって、調子に乗らないで」

「へっ？」

「異世界人のどこがいいのよっ。私のほうが千倍美人なのにっ」

どこかの駄々っ子かと思うような口調だった。

私の存在を消して、ルーフレッド様に交際を迫る作戦か。

「あ、あの……、私のこと、どうするつもりですか？」

「売り飛ばす国が決まったわ。楽しみにしていなさい」

薄気味悪い笑みを浮かべるレデリーヌ王女を見て、かなり残念な気持ちになった。でも、美人に悪役というのは案外似合うのかも。

「運ぶわよ」

一人の大柄の男が私をお米のように肩に担いだ。手足を縛られているので抵抗することができない。

「やめてっ！」

本当にどこかに連れて行かれてしまう！

恐ろしくて心臓の動きが速くなり、背中が汗でべっしょりと濡れた。

「さようなら～」

レデリーヌ王女が、満面の笑みを浮かべて手のひらをさらさらと振っている。

ど、どうしよう。絶体絶命なんですがっ。

第七章　美味しいものを食べて、好きな人がいれば、最強な人生

バンっと激しい物音がした。一気に人が入って来て、なにが起こっているかわからない。

覚えのある騎士団と中心にルーフレッド様がいた。助けに来てくれたの？

「アズサ！」

「ルーフレッド様……」

ルーフレッド様がものすごい勢いで近づいてくると、男の顔を殴った。

「うっ」

目をつぶった隙に、男から私を救出してくれる。手足を縛っているロープをナイフで切って、外してくれた。

「アズサ、遅くなって悪かった」

「……うっ……んっ……」

助けに来てくれただけで、張り詰めていたものが解けて、涙が滝のように流れる。

「な、なんでここがわかったのよ！」

レデリーヌ王女が驚いたように声を上げている間に、騎士団が男らとレデリーヌ王女の側近を拘束した。

ルーフレッド様は私から離れると、立ち上がってレデリーヌ王女の眼の前まで歩いていく。

レデリーヌ王女は、震えながら後ずさり、足が箱にぶつかって倒れてしまった。

尻餅をついたレデリーヌ王女をルーフレッド様が冷酷な視線で見下ろす。

「我が国に無断で入り込んで誘拐するとは、腐った根性をしているな？」

「……ゆ、許してください。わ、私は、ルーフレッド様と結婚をしたかっただけなんです」

「簡単に許すことはできない。処罰が決定するまで、牢獄で過ごしてもらおう」

「そ、そんなっ……」

「煮るか、焼くか、串刺しか。いずれかの方法で死刑だ。お前らもだ」

ルーフレッド様は、男らにも恐ろしい視線を向けた。

男らは怯(おび)えてしまい顔色が真っ青になっている。

「ルーフレッド様……ど、どうか、お許しください……」

レデリーヌ王女が絶望に満ちていく。そんな姿を見ているのがあまりにも可哀相で見ていられない。

ルーフレッド様と結婚したいからといって、私を売り飛ばそうなんて考えは、最低、最悪かもしれないけど……、死刑なんてやりすぎのような……。

彼女を助けることで私は、自分にメリットはないが、悪人でも更生するチャンスがなきゃ。阻止しようと思って立ち上がる。

「ルーフレッド様っ……！　待ってください」

「……なんだ」

「許してあげてください」

「は？」

私が必死に視線を向けると、レデリーヌ王女も男らも、味方の騎士団も驚いた表情をしている。

「私が元いた世界ではそんなに簡単に人を殺しません。た、たしかに誘拐されて怖かったですけど！　でも、反省さえしてくれたら、許します」

「アズサ……、お前なぁ」

ルーフレッド様は、私の発言が信じられないとでも言いたそうだ。

私が懇願するように見つめると、彼は納得したように頷いた。

「わかった。国王陛下にも、アズサの意見は伝えておく」

「ありがとうございます！」

思いっきり頭を下げると、安堵したのか目眩(めまい)がして私はその場で倒れてしまった。

◆

雨の音。私は、大雨の中走っている。

必死で走り抜けていた。

濡れているはずなのに、冷たくないのが不思議だった。

「ボーッと、してるんじゃねぇ！」

シェフに頭を叩かれた。私は、休憩室でうたた寝していたのだ。

「仕込みを見せてやる」

「はい！」

あれ？

私、元の世界に戻っているのかも。

休憩室の窓から外を見ると、見慣れた景色だった。

ルーフレッド様にちゃんとお別れを言えずに戻ってきてしまったなんて……。夢であってほしい。

「ルーフレッド様」

「は？」

「ルーフレッド様……」

「はあ？　なにを言ってんだ」

シェフが首を傾げている。それでも私は、ルーフレッド様の名前を呼び続けた。

「……サ、アズサ」

目を開くと、私のことを心配そうに覗き込んでいるルーフレッド様がいた。夢か現実かわからなくなり、パニックを起こしていた。

「うなされていたようだ」

「……元の世界に戻ってしまった夢を見ていたのです」

今が現実。先程見ていたのは、夢だったのだと思って安心した。

「よかった」

私は、体を起こすと、安堵して両手で顔を抑える。

誘拐されて、王女と男らは拘束されて、私は気を失ったのだ。

「王女は？」

「国王陛下に話をして自国に戻すことになった」

「そうですか、よかったです」

「アズサは、お人好しだな」

ルーフレッド様が私をそっと抱きしめた。彼の香りが鼻を通り抜け安心する。そして、私は、本当に心からルーフレッド様のことが好きなのだと実感した。

いつ、元の世界に戻ってしまうかわからない。もし、先程の夢のように戻ったら、胸が切り裂かれそうなほど、苦しいのだろう。

それなら、後悔しないようにルーフレッド様に思いを伝えるべきだ。

「ルーフレッド様、大事な話があります」

私が真剣な声で言うと、密着していた体を離してくれた。視線が絡み合うと一気に緊張感が高まる。

「なんだ？」

「私、ルーフレッド様のことが大好きです。でも、立場もありますしわかっています。好きでいることを許してもらえますか？」

いつもクールなルーフレッド様の表情がだんだんと変わり、頬が赤くなっていく。

「アズサを娶(めと)りたい」

「え？」

ふざけていっているのかと思い、変な声を出してしまった。

「でも、いつ、元の世界に戻るかわかりません」

「二人の愛する気持ちがあれば、乗り越えられるのではないか？」

ルーフレッド様が私の手を握る。目が合うと、とても真剣な瞳をしていた。

「たとえ、離れてしまっても、俺はアズサを想い続ける。アズサも同じ気持ちでいてくれると、約束をしてほしい」

「……わかりました」

二人の距離じゃない。

たとえ、生きる世界が違ったとしても、心がつながっていれば、恐れるものはなにもないのだ。

「アズサが永遠に俺の元にいることを願うがな」

ルーフレッド様が得意げに微笑む。

「で、でも……身分差もありますし」

「そんなのは関係ない。俺と結婚をしよう。騎士団はじめ、王宮の職員はアズサを慕っている。それに、国王陛下も王太后も。俺が説得するから怖がることはない」

自信に満ちた言葉だったので、私は素直に頷いた。

これからも、大好きなルーフレッド様を信じて生きていきたい。

ルーフレッド様の顔が近づいてきて、傾けると唇が重なった。私の唇の味見をするように舐められる。

上唇をルーフレッド様の唇で挟まれると、胸がドキドキしてきた。

舌が唇の中に入ってくると、絡め取られる。くちゅくちゅと濡れた音が響く。

彼の体温が体の中に流れてくるような感じがして、溶けてしまいそうになった。

「んっ……」

ルーフレッド様が私の両頬を手のひらで包み込んで、もっと深いキスをしてくる。気持ちがよくてうっとりしてしまう。そのまま、ベッドの上に寝かされて、ルーフレッド様に組み敷かれる。唇を押しつけるようにキスをした。

ワンピースの上から胸を包み込まれる。ゆっくりと揉みしだかれ、ぞくぞくしてしまう。

「はぁっ……」

自分の口から甘い声が出てしまい恥ずかしい。ワンピースをめくり上げられ、脱がされる。下着を身につけていなかった私は、一糸まとわぬ姿になっていた。

「綺麗だ」

じっと見つめられると、恥ずかしくてたまらない。

「あ、あまり……見つめないで……ください」

「目に焼きつけたい」

胸の先端を人差し指と親指でつままれて、擦られると、甘い電流が走っていく。体の一点しか触れられていないのに、全身に快楽が広がっていく。

ルーフレッド様が私にキスをすると、その唇は首筋に落ちてきた。首から鎖骨へと唇が移動して、骨のくぼみあたりをペロペロと舐められる。

「はぁっん、ルーフレッド様……」

「相変わらず、アズサは感度がいい」

嬉しそうにつぶやくと、私の手の甲にキスをして指を一本ずつ口の中に含まれていく。温かくてざらついた舌の感触に指先が気持ちよくなる。

「んっ……」

美味しそうに舐めると、手の甲から腕へと唇が移動する。肩をチュッと強く吸われた。

「いやっ」

恥ずかしくてたまらなくなり、ルーフレッド様を涙目で見つめると艶っぽい笑みを浮かべている。

胸の先端に顔が近づいてきて、ルーフレッド様の舌が出てきた。

舐められてしまうと身構えて瞼をギュッと閉じるが、なかなか触れてこない。どうしたのだろうと思って瞳を開くと、意地悪な目をしている。

「これからたっぷりと舐めるから、しっかりと見ていてくれ」

胸の先端には触れないで色の薄いところに舌が伸びてきた。ゾクッとして粟立つ。

「やっ……、んっ」

ねっとりと、ゆっくりと、舐められる。

たまらなくなり、もっと強い刺激がほしくなってしまう。

「物欲しそうな表情をしている」

「だ、だって……」

我慢をしていたせいで涙声になっていた。ルーフレッド様が一気に胸の硬くなっている部分に吸いつく。

「あぁぁっ」

激しい快楽が体を走り抜けた。

「んっ……あぁ……っ、そんなに激しく吸っちゃ嫌……」

そう言うと舌先を硬くしてチロチロと小刻みに舐めてきた。くすぐったいけれど、気持ちがよくて首を左右に振ってしまう。

片方の胸を揉みしだきながら、もう片方は執拗に舐められ、胸の形が変わるほど、揉まれていく。愛する人に触れられて、私は快楽と幸福感に包まれていた。

「あっ……んっ……あぁんっ……っ」

ルーフレッド様の舌が胸からお腹へと下がっていく。

おへその穴に舌を差し込まれると、秘所がずくんと疼いた。

ルーフレッド様の指が秘所に伸びてくる。

繊毛に触れてそっと撫でられると、体が思わず跳ねてしまった。割れ目に指を滑り込ませて、敏感な粒を弄る。

「あぁ……んっ」

電流が流れてくるような快感に襲われた。花びらを人差し指と親指で開かれ、じっくりと観察される。見られるだけで蜜があふれていく。

「恥ずかしい……です」

「少し触れただけで、こんなに濡れているとは……。感じてくれているようで嬉しい」

硬くなった敏感な粒を人差し指で擦られると、体が震えてしまう。

「んっ……あっ……んっ」

円を描くように小刻みに動かされた敏感な粒は、さらに硬くなっていく。

快楽から逃げるように太ももを閉じようとするが、手で膝を抑えられて閉じられない。

ルーフレッド様の指の動きが激しくなると、気持ちがよすぎて泣きそうになる。

「そんなに……つまないで……ください……あっ……んっ……あぁぁっ」

体をよじって逃げようとする私に、さらに快楽を与えてくれる。

私の横に添い寝すると胸の先端を舐めながら、敏感な粒を指で動かす。上下に動かされると、たまらない気持ちになり、私は喘いでしまった。

「あっぁ、んっ……あぁっ……いやぁっん」

体の体温がだんだんと上がってきて、背中にしっとりと汗をかいてしまう。余裕がなくなってしまった私をルーフレッド様は責め立ててくる。

「あぁんっ……」

上からも下からも快楽を与えられ、私の頭の中がルーフレッド様でいっぱいになった。彼のこと以外なにも考えられなくなってしまう。

「いや、っんっ」

私の恥ずかしいところからは蜜(みつ)があふれ出す。

ルーフレッド様の中指が潤いの泉の中に入り込んできた。入り口付近でくちゅくちゅとかき混ぜられる。

「あぁぁんっ……もう、駄目……なのっ。あぁぁんっ」

中指がさらに奥まで入ってきて、隘路を擦りあげていく。ゆっくりと奥まで入ると、抜かれる。蜜であふれているので、痛みは全然ない。

抜いたり、挿したりを繰り返されると、気持ちよくておかしくなってしまいそうだった。

「あぁんっ……ルーフレッド様ぁ……」

ルーフレッド様は上体を起こして、自らの衣類を脱ぎ捨てた。よく鍛え上げられた体躯に見入ってしまう。

「……アズサ」

切なげな声で私の名前を呼ぶと、私に近づいてきて前髪をかき上げた。額に愛おしげに唇を押し当ててくれると、魔法にかかったかのようにうっとりとしてしまう。

呆然としてしまうと、ルーフレッド様は私の脚を大きく開いて体を滑り込ませてきた。身をかがめて私の秘所に顔を近づけてくる。

「……ルーフレッド様、そこは」

私の言葉を無視して、指で花びらを開いた。こぽっと蜜があふれてくる。

ルーフレッド様の顔が近づいてきて、敏感な粒を舐めた。

「あっ……んっ」

動いてしまう腰をつかまれて、最初はゆっくりと、段々と舐める速度が上がっていく。舐めながら蜜壺に人差し指が入ってきて、かき混ぜられると呼吸が乱れる。

「はぁんっ……あぁぁっ」

あまりにも気持ちがよすぎて、足の指をきゅうっと丸めた。ルーフレッド様からの指の動きは止まらない。このまま続けられてしまうと、おかしくなってしまいそう。

「あっ……ん、もう、駄目っ……あぁぁ、いっちゃいますっ……」

ぱちんと弾けると目の前が真っ白になった。まるで花火が打ち上がったかのように全身に快楽が広がっていく。

体を震わせていると、ルーフレッド様に甘い口づけをされた。

呼吸が整ってくると、ルーフレッド様が私の上にくる。

真剣な瞳で見つめると、目がそらせない。

「アズサがほしい」

私も同じ気持ちだった。大好きな人とひとつになりたい。

ゆっくりと頷くと、脚を大きく広げられ、体の間に入ってくる。

ルーフレッド様の灼熱が私の濡れそぼったところに当てられると、ビクッと体が震えてしまった。熱の塊があまりにも熱くて、とろけてしまいそう。

「初めは痛いかもしれないが、俺を信じてほしい」

少し不安だけど、ルーフレッド様を信じようと思って、深呼吸をする。

入り口に、熱の塊の先端が入ってきた。

私が痛くないようにいたわってくれているのがわかる。

浅いところで抜き挿しをされると、蜜がさらに出てきた。こんなに濡れてしまうなんて恥ずかしい。

「こ、こんなに……濡れてしまい申し訳ありません……」

「男を受け入れやすいように濡れるものだ。当たり前の現象だから、謝ることはない」

ルーフレッド様は、腰を動かして少しずつ奥へと進んでいく。

濡れているとはいえ、ズズッと入ってくると圧迫感がすごい。きつくて、これ以上入るのか不安になる。

「あっ……んっ…、あぁぁっ……んっ」

思わず声を上げてしまった。ルーフレッド様が心配そうに私の顔を見つめている。

「大丈夫か？」

「は、はい」

私は無理やり笑顔を見せると、ルーフレッド様は眉間のシワを寄せた。

「……力を抜いてくれ」

「はい……」

呼吸を繰り返し、力を抜くように心がける。

熱の塊が押し込まれると、皮膚が引き裂かれるような痛みが走り、予想以上に辛かった。

でも、ここを乗り越えたいと強く思い歯を食いしばる。

「アズサ……」

「んっ……あぁっ……ルーフレッド様ぁ」

泣いちゃ駄目……。誰もが乗り越えている痛みなんだからっ。

「はぁんっ……、あぁんっ……あぁっ」

力が抜けた時、ルーフレッド様の灼熱が一気に奥まで入ってきた。

その時、お腹の中を突き上げるような激しい衝撃に襲われ、私は大きく目を見開いた。

「あぁっ！」

灼熱に襞を押し広げられていく。メリメリと入り込んでいき、私は無意識に体が硬くなっていた。

「アズサ、そんなに緊張しないでくれ……」

彼の指が敏感な粒を上下に動かし始めた。

甘い刺激に痛みが和らいでいく。敏感な粒をつままれて擦られると、達してしまいそうになった。

「や……んっ……いっちゃうの……あぁ」

ルーフレッド様の腕を思いっきりつかむが、やめてくれない。

「一度、いってしまえ」

「あっ、あぁあん、あっ、あぁあん……もう、あっ」

快楽の波に飲み込まれて痙攣（けいれん）してしまう。その隙にルーフレッド様の男根（だんこん）が一気に奥まで入った。

「あっ……！」

ルーフレッド様は私を抱きしめると、耳元で囁く。

「すべて入った。アズサの中は素晴らしい……、たまらない……」

そのまま動かないでいてくれる。

「ルーフレッド様……」

「絡みついてきて、素晴らしいぞ」

気持ちよさそうな声が耳の中に流れてくると、私の胸がキュンとする。喜んでもらえて嬉しい。体を起こしたルーフレッド様が、私の手を取る。ルーフレッド様は、私のお腹の上に私の手を乗せた。

「ここに俺がいる。アズサは俺のものだ」

「……はいっ」

「他の男とこういうことはしていけない。覚えておくように」

「しません。ルーフレッド様だけです」

「いい子だ」

愛する人とひとつになれたと思うと、感動で心が震えるような気がした。瞳が潤んできてしまい、涙でルーフレッド様の顔がよく見えない。

ルーフレッド様は、腰を動かさないで優しい笑みを浮かべてくれていた。

私の背中に手を回し、もう一度抱きしめてくれた。

肌と肌が触れ合うとこんなにも幸せなのね。

動かなくても、私の潤いの泉はものすごい圧迫感に襲われている。大きくてすごく存在感があった。

「きついな。そんなに締めつけるな……、たまらなくなってしまう」

「ご、ごめんなさい」

どうすれば、ルーフレッド様が楽になるのかわからなくて困ってしまう。

「少しずつ動かしていくが、そのうちよくなる」

「……は、はい」

本当にゆっくりと熱の塊を抜いていく。全て抜けそうになると、またゆっくりと最奥まで入っていた。

何度か抽送を繰り返されていくと、快楽が湧き上がって、体の力が抜けていった。

ルーフレッド様は腰を動かしながら私の胸の先端を摘んだり、人差し指で弾いたりする。

そのたびに、全身が快楽に包まれていく。

「あぁぁんっ……あっ……はぁ……」

ジュボジュボと抜き挿しするたびに、リズミカルな音がする。

シーツを握りしめながら、ルーフレッド様からの衝撃を受け止めている。

触れられている時とはまた違った快感だった。

「あぁんっ……や……んっ……あぁっ……そんなに、突いちゃ嫌ぁ……んっ、あぁぁ、すごいの……はぁっ」

「よくなってきたか？　色っぽい声だ」

ルーフレッド様が嬉しそうに問いかけてきたから、私は彼と瞳を合わせて頷いた。

私の腰の横に手をつくと、もっと深いところを刺激してくる。

腰の動きが激しくなっていき、隘路が擦り上げられていく。

私の中にある快楽ポイントを集中的に刺激されると、私の腰も勝手に動いてしまう。

気がつけば痛みがなくなっていて、快楽しかなかった。

「あっ……んっ……あっ、そこ、あ、んっ」

「アズサはここが好きなのか。もっと……もっと、してやろう」

腰をぐいっと動かして、私のウエストをつかんで突き上げてくる。

ありえないほどの快楽に蜜があふれて、二人のつながっている部分から飛沫が出ていた。

突き上げられるたびに、ジュボジュボと音がして、頭がおかしくなってしまいそうなほど、気持ちがいい。

「いいの、そこ……はぁ……んっ」

「アズサが絡みついてくる……俺も、達してしまいそうだ……っ」

ルーフレッド様は私を思いっきり抱きしめて、甘い口づけをした。舌を絡ませ合うと幸福感に満たされて泣いてしまう。

「あっ……んっ」

「……うっ……アズサ、出る……」

突き上げられると、私の中にいるルーフレッド様の灼熱は更に大きくなり、硬くなった。

動きが激しくなり、私の潤いの泉に白濁(はくだく)が放たれる。お腹の中が熱くなり、快楽でなにも考えられなくなった。


私の呼吸が落ち着くと、長い腕が伸びてきて、優しく包み込むように抱きしめてルーフレッド様が口づけをしてくれる。

ついに愛する人と結ばれたなんて、私……世界一の幸せ者だ。

「アズサのこと、大事にする」

「私もですっ。美味しいご飯もこれからも作りますからっ」

「あぁ、楽しみにしている」

二人の愛し合う力が強ければ、ずっとこのまま過ごしていられるような気がする。

これから同じ未来に向かって生きていく。

大変なこともあるかもしれないけれど、美味しいものを食べて、好きな人がいれば、最強な人生を送っていけそうじゃない？

ルーフレッド様と見つめ合うと、お互いに顔を近づけていき、甘いキスをした。
それはまるで、誓いのキスのようだった――。

おわり

あとがき

こんにちは。ひなの琴莉（ことり）です。

『異世界で王子様の夜食係をしていたら、本気で愛されてしまいました』をお手に取ってくださり、本当にありがとうございました！

コスミック出版様でのはじめてのお仕事になります。素敵なご縁に心から感謝です。

ティーンズラブが大好きなので、憧れのマリーローズ文庫さんの仲間に入れていただき、とても嬉しいです！

私は、食べることが大好きなので、食にまつわる話を書きたいと考えました。

はじめに頭に浮かんできたシーンは、セクシーな王子様が夜食を口に運ぶところです。

『夜食』……うん、なんかいいっ。

そう思った私は、プロットを作りはじめました。

王子様も夜食なんて、食べるのかな？　と思いましたが、きっと国のことで色んなストレスがたまっていて、眠れなくて、食べたくなる日もあるのではないか？

夜食なので、自分の部屋でゆっくりと食べるはず。

普段入ることができない王子様の部屋。しかも、夜着姿！（ココ重要ですよねっ）

夜に王子様と、女の子が二人きりになるシチュエーション最高っ。

これは、いいぞっと思って、プロットを書きあげました。

しかし、当初は現地の女の子……という設定でした。

普通のヒストリカル系のティーンズラブにしようとしていたのです。

もっと、面白くできないかな、読者様に感情移入をしてもらいたいと考えていたところ、現代日本の女の子が、異世界トリップしたらいいかもと思いつきました。

編集さんにアドバイスをいただきながら、プロットの修正をしました。

料理人になりたい女の子が、異世界で奮闘していくお話に変わり、恋愛だけではなく、努力する大切さや、心を砕くことの重要性も加わり、グッと話が深く、面白くなったと思います。

もちろん、恋愛ドキドキも詰め込みました！

中世ヨーロッパ風の騎士様がいる異世界ということで、世界観を作るのに少々苦労しました。図書館で色んな資料を借りてきて、お城や街の地図を作り、本文には出てこない描写もありますが、細かく設定しました。

すると、夢にまで映像が出てきて、びっくり。
夢を録画できる機械があればいいのに……と思ったこと、ありませんか？
年に数回、イケメン芸能人と甘いデートをする夢を見ることがあるのですが、うふふっ
……あぁ、話が脱線してしまいました。（反省……）
世界観を作り込む作業は、創作をする上での楽しさでもありますね！
また、異世界系のお話を書いてみたいです。

今回、イラストを担当してくださったのは、蘭蒼史（あららぎそうし）先生。

ラフを拝見した時、細かいところまで描かれており感動しました。

自分の考えたキャラクターがイラストになっているところを見ると、嬉しくて胸が熱くなり、あんなにハッピーな気分にしていただき感謝です！

素敵で胸キュンするイラストを描いてくださり、本当にありがとうございました。


お世話になった編集様。

うまく書けない時、編集さんのさり気ない優しさに、どれほど励（はげ）まされたかわかりません。

こうして、出会えて、一緒に作品を作らせていただけたことに、心から感謝いたします。

何度も書き直したこの作品ですが、いっぱい勉強をさせてもらうことができ、小説を書くことが、もっと、もっと、好きになりました！

この作品を作る上で、私の知らない色んな方が関わってくださっていると思います。
すべての皆様に、この場を借りてお礼を申し上げます。

そして、このあとがきまで読んでくださっている読者様！
大切な時間とお金を使ってこの本を読んでくださり、本当に、本当に、ありがとうございました。どうか、少しでも楽しんでいただけるとありがたいです。
もしよければ、ご感想を聞かせてくださると幸いです。

また、どこかでお目にかかれるように執筆頑張ります！
ありがとうございました。では、また！

ひなの琴莉

マリーローズ文庫をお買い上げいただき、ありがとうございます。この本を読んでのご意見・ご感想・ファンレターをお待ちしております。

☆あて先☆
〒154-0002　東京都世田谷区下馬6-15-4
コスミック出版　マリーローズ編集部
「ひなの琴莉先生」「蘭 蒼史先生」
または「感想」「お問い合わせ」係

異世界で王子様の夜食係をしていたら、本気で愛されてしまいました。

【著者】　ひなの琴莉（ことり）
【発行人】　杉原葉子
【発行】　株式会社コスミック出版
〒154-0002　東京都世田谷区下馬 6-15-4
【お問い合わせ】　- 営業部 -　TEL 03(5432)7084　FAX 03(5432)7088
- 編集部 -　TEL 03(5432)7086　FAX 03(5432)7090
【ホームページ】　http://www.cosmicpub.com/
【振替口座】　00110-8-611382
【印刷／製本】　中央精版印刷株式会社